굿바이, 굿보이

굿바이, 굿 보이

하마노 교코 장편소설

르네상스

1

조금은 기대를 했다. 스스로를 리셋할 수 있지 않을까 하는 기대를……

낯선 동네라고는 하지만, 전에 살던 데서 겨우 3킬로미터 떨어졌을 뿐이다. 우리 집은 올여름 이 동네로 이사를 왔다.

이 동네는 흔해 빠진 신흥 주택지로, 비슷비슷하게 지어서 팔려고 내놓은 집들이 죽 늘어서 있다. 그 한구석 막다른 곳에 우리 집이 있다.

전에 살던 데랑 학군은 다르지만 같은 시내인 데다, 어차피 6학년 2학기와 3학기(일본의 학교는 3학기제로 4월~7월 초까지를 1학기, 8월 말~12월 중순까지를 2학기, 1월 말~3월까지를 3학기로 한다.)만 남은 터라 다니던 학교에 그냥 다니기로 했다. 걷기에는 좀 멀어서 자전거를 타고 다닐 작정이다. 비라도 내리면 짜증이 날 것 같다. 하지만 지금은 여름 방학이라서 학교에 갈 일이 없으니까, 개학하면 그때 가서 생각하기로 했다.

새집에 이사 와서 가장 좋은 점은 내 방이 넓어진 거다. 그리고 음대 부속고등학교에 다니는 마나미 누나 방은 완벽하게 방음이 된다. 누나 방에는 업라이트 피아노가 있다. 이제 귀에 거슬리는 피아노 소리를 듣지 않아도 된다.

집에는 피아노가 한 대 더 있다. 교습실에 있는 그랜드 피아노다. 엄마는 거기서 피아노 교실을 연다. 수강생은 아이부터 어른까지 다양하다. 음대에 가려고 준비하는 아이가 있는가 하면, 취미로 시작한 아저씨나 아줌마도 있다. 난 되도록 교습실에는 가지 않는다. 이번에 이사한 집은 교습실 입구가 따로 있어서 그것도 좋다.

이사하고 사흘이 지났다. 아직 짐도 다 못 풀었지만, 동네를 둘러보고 오겠다는 핑계를 대고 자전거를 타고 나섰다.

8월 중순, 햇볕에 지면이 지글지글 달아올랐다. 자전거 페달을 조금 밟았을 뿐인데 땀이 비 오듯 했다. 하지만 전에 살던 집이랑 달리 역에서 멀리 떨어져 있다 보니 밭과 나무가 많아서 바람이 상쾌했다. 그래도 되도록 직사광선을 피해서 그늘을 골라 달렸다.

하릴없이 돌아다니다가 나무가 우거진 곳을 발견했다. 공원인 것 같아서 한번 가 보기로 했다.

우거진 나무 사이로 조붓한 길이 보였다. 공원이 아니라 그냥 잡목림이었다. 자전거를 끌고 숲 속으로 들어갔다. 갑자기 그늘이 지면서 기온이 3도는 떨어진 듯했다. 고개를 들어도 탁 트인 하늘은 보이지 않았다. 나뭇가지와 나뭇잎 사이로 파란 조각하늘이 보이고, 그리로 빛이 쏟아져 들었다. 그 빛이 길 위에 무늬를 만들었다. 조붓한 길은 구불구불 휘어 있어서 숲 입구가 금방 모습을 감추었다.

가끔씩 나무 사이로 바람이 불어와 기분이 무척 좋았다.

굽이 길을 돌아들 때마다 저 앞에서 반짝 흩어지는 빛이 눈에 와 박혔다. 매미 소리가 시끄러웠다. 아마도 이런 걸 두고 귀가 따갑게 운다고 하는 거겠지.

인기척이라곤 없었다. 어쩐지 날아갈 것 같은 기분이었다. 사락사락 가지를 흔드는 바람 소리, 매미 울음소리, 그리고 자전거 바퀴 구르는 소리. 그것 말고는 아무 소리도 들리지 않는다.

한참을 느릿느릿 나아가는데, 문득 하얀 것이 눈에 들어왔다.

"뭐지?"

눈을 비벼 보았다. 잠자리채? 누군가 곤충 채집을 하러 온 모양이었다. 이 숲에도 사람이 있는 것이다. 마음이 놓이기도 하고, 좀 실망스럽기도 했다. 하얀 잠자리채는 나무에 달라붙은 매미를 노리고 있었다. 잠자리채가 나무에 툭 닿는 순간, 매미는 하늘 높이 날아가 버렸다. 한순간에 일어난 일이었다. 잠자리채가 간발의 차이로 닿지 않은 것이다.

"에이!"

한숨 소리가 나는 쪽으로 눈길을 돌렸다. 조그만 남자아이가 잠자리채를 든 채 분한 표정으로 하늘을 쳐다보고 있었다. 아이 얼굴을 보자 피식 하고 웃음이 났다. 아이는 입꼬리를 양쪽으로 한껏 당기고 눈썹을 모아 미간에 주름을 잡은 채 콧구멍을 잔뜩 부풀리고 있었다. 뭐 저렇게 어이없는 표정을 짓는담. 겨우 매미 한 마리 놓친 걸 가지고.

"아깝네."

놀리듯이 말을 걸었다.

"누구야?"

아이는 깜짝 놀라며 까만 눈을 동그랗게 뜨고 나를 올려다보았다. 얼굴도 눈처럼 동그랬다. 살갗이 희고 눈망울이 커다란 게 어쩐지 강아지를 닮았다. 몸은 오동통해서 움직임이 굼뜰 것 같았다. 살진 강아지처럼 생긴 걸로 치자면 우리 반 우메다 도시나리를 빼놓을 수 없다. 그러고 보니 이 아이는 어딘가 도시나리를 닮았다. 그렇게 생각하는 순간, 가슴이 욱신거렸다. 그 생각을 떨치듯 아이한테서 눈을 돌렸다.

"매미 잡아 줄까?"

"정말?"

아이 표정이 환해졌다. 웃는 얼굴이 묘하게 애교 있고 귀여웠다. 나까지 덩달아 표정이 누그러질 정도였다. 나는 웃으며 고개를 끄덕였다. 끄덕이면서 미간을 찡그렸다. 이런 아이를 상대로 즐거운 듯 웃고 있다니. 아무렴 어때, 어차피 할 일도 없는데.

"고마워, 어……."

"아, 난 가즈키야. 기리모토 가즈키. 사흘 전에 이 동네로 이사 왔어."

"가즈키…… 가즈!"

아이 목소리가 통통 튀었다. 환하게 웃는 얼굴이 역시 도시나리를 떠올리게 한다. 둔하고 사람 좋은 도시. 가즈…… 도시도 그렇게 불렀지. 나를 그렇게 부른 건 그 녀석뿐이었다.

"넌?"

"에이타."

아이는 이름만 얘기했다. 이상한 꼬마다. 보통은 성부터 얘기하지 않나?

"어떤 한자 쓰는데?"

에이타는 땅바닥에 검지로 '꽃부리 영(英)'과 '클 태(太)' 자를 써 보였다.

"몇 학년이니? 난 6학년인데. 이 동네 학교로 전학 오지는 않을 거지만."

"나는……."

에이타는 양손으로 손가락 아홉 개를 펼쳐 보였다. 아홉 살이라는 건가? 그럼 생일이 안 지났으면 4학년이고, 지났으면 3학년이란 얘기다. (일본에서는 만 나이를 쓰며, 여섯 살에 초등학교에 입학한다.) 4학년 치고는 체구가 좀 작다. 게다가 나이를 손가락으로 나타내다니, 어리광을 부리고 싶은 건가? 좀 더 어린 애들이나 할 짓 같지만…….

"좋아, 가자."

에이타의 등을 툭툭 두드리고 나서 자전거를 구석에 세우고 자물쇠를 채웠다. 처음 만난 아이와 서로 아무것도 모르는 채 함께 어울려 놀다니. 마음속으로 '리셋이야.'라고 중얼거렸다.

잡목림 안에선 여전히 매미 울음이 소나기처럼 쏟아졌다. 하지만 나무에 앉은 매미는 좀처럼 눈에 띄지 않았다. 겨우 찾아내도 높은 데 있어서 잠자리채가 닿지 않았다. 에이타는 그래도 좋은지 연신 싱글거렸다. 놓쳤을 때는 진짜로 실망한 듯이 한숨을 푹 내쉬다가도, 언제 그랬느냐는 듯이 웃으며 "또 찾자." 하고 내 팔을 잡아당겼다. 그런 식으로 친근하게 구니까 어색하기도 하고 쑥스럽기도 했다. 여태까지는 아무도 이렇게 살갑게 다가온 적이 없기 때문이다. 만약 동생이 있다면 나도 조금은 다정하게 굴지 모른다. 동생…… 나는 에이타를 가만히 바라보았다.

몇 번 기회가 있었지만 아깝게 모두 놓치고 난 뒤, 조금 높은 곳에 앉은 매미를 발견했다.

"에이타, 목마 태워 줄게. 저 매미 꼭 잡자."

내가 소곤거렸다.

"진짜?"

에이타가 큰 소리를 내기에 나는 조용히 하라는 뜻으로 검지를 입에 갖다 댔다. 그러고는 가만히 몸을 굽혔다. 에이타는 포동포동했지만 몸집이 작아서 별로 무겁지 않았다.

"꼭 잡아."

나는 천천히 일어섰다. 에이타는 잠자리채를 살며시 뻗어서 처음으로 매미를 잡았다.

"잡았다!"

에이타가 몸을 벌떡 일으키는 바람에 나는 비틀거리다가 뒤로 넘어지고 말았다.

"으앗!"

엉덩방아를 찧고 엉금엉금 기어서 에이타에게 다가갔다.

"에이타, 괜찮아?"

대답이 없다. 에이타는 땅바닥에 납작 엎어져 있었다. 땅에 머리라도 부딪쳤으면 어쩌지?

에이타를 흔들었다.

"야, 정신 차려!"

이윽고 에이타가 살며시 눈을 떴다.

"흙이 따뜻해. 가즈도 누워 봐."

"바보야, 깜짝 놀랐잖아."

순간 주먹을 휘두를 뻔했다. 바보 취급이나 하고. 하지만…… 다르다. 이 꼬맹이는 천진난만한 것뿐이다. 쳐든 주먹을 가만히 내려놓고 에이타를 일으켜 주었다.

"매미는?"

내팽개쳐 둔 잠자리채 안에 매미가 그대로 있었다.

"다행이야."

에이타가 기쁜 듯이 웃었다. 매미는 잠자리채 속에서 맴맴 울어 댔지만, 에이타가 곧장 잠자리채 주둥이를 움켜쥐는 바람에 도망칠 수 없었다.

나는 진흙투성이가 된 에이타의 등을 탁탁 털어 주었다. 형이라면 이 정도는 당연히 해 주겠지?

"가즈, 고마워. 가즈 덕분이야. 나, 매미 잡은 거 처음이야."

에이타가 신이 난 듯 웃으며 팔을 잡아끌었다. 나는 그대로 에이타와 함께 숲 속을 걸었다. 오늘 처음 만난 아이와 이렇게 어울려 놀다니 신기하다. 더구나 상대는 두세 살 아래다. 한 일이라고는 어린애 같은 곤충 채집이 전부다. 여느 때 같으면 바보 취급하며 쳐다보지도 않았을 어린애 장난이었다. 하지만 괜찮다. 이 아이는 나를 모른다. 이 동네에서는 아무도 나를 모른다.

또 눈앞에서 햇빛이 반짝 빛났다. 에이타는 해가 드는 곳을 골라 깨금발로 통통 튀듯이 나아갔다. 그 모습이 눈부실 정도로 반짝반짝 빛나 보였다.

"가즈, 내일 또 놀자!"

엉겁결에 손가락을 걸고 내일 또 오기로 약속했다. 내일 또……. 이 동네에서 무언가가 바뀔지도 모른다. 하지만 곧 그런 식으로 생각한 내 자신이 우스워졌다. 나는 나다. 누구보다도 음험하고 형편없다. 기대하지 마, 아무것도. 고작 사는 집이 바뀐 거 가지고 뭐가 달라지겠어.

힘주어 나를 타일렀다. 그럼에도 집에 오는 길에는 자전거가 여느 때보다 가볍게 굴러갔다.

집에 들어서면서 휘파람을 불었나 보다.

"별일이네, 휘파람을 다 불고. 뭐 좋은 일 있었니?"

엄마가 물었다. 그런 말을 듣기만 해도 금세 얼굴이 굳는다. 좋은 일이 뭐가 있겠어?

"별로."

애써 여느 때처럼 대답했다. 부모님이 괜히 기뻐하는 건 싫다. 부모님을 실망시키거나 슬프게 하고 싶지도 않다. 필요 이상으로 걱정을 사고 싶지 않다. 그런데도 부모님은 필요 이상으로 나를 걱정한다. 아빠도 엄마도 그런 눈치를 보이지 않으려 애쓰지만, 그래도 알아차리고 만다.

집을 막 나서려는데 엄마가 물었다.

"재밌는 거라도 찾았니?"

"그런 거 아냐."

말투가 너무 쌀쌀맞은 것 같아서 서둘러 한마디를 보탰다.

"어쩌면 오늘 찾을지도 모르지. 동네도 익히고 싶고."

"오늘은 미호가 레슨 받으러 오는 날이니까 빨리 돌아와."

"응. 그럼 다녀오겠습니다. 돌아와서 공부할게."

나는 엄마한테 눈길도 주지 않고 나와 버렸다.

차고에서 자전거를 꺼내는데 한숨이 푹 나왔다. 미호가 오는 게 나랑 무슨 상관이람!

다케자와 미호는 같은 반 아이다. 이사하기 전까지 이웃에 살았다. 유치원 때부터 알고 지냈으니 소꿉친구인 셈이다. 내세울 거라고는 넘치는 기운뿐인 여자애인데, 축구를 아주 좋아한다. 햇볕에

새카맣게 그을려 가며 공이나 차던 주제에, 6학년 올라가기 바로 전 봄 방학 때 갑자기 피아노를 배우고 싶다며 우리 집에 왔다.

새삼스럽다고 비웃어 줬더니 뿌루퉁해서 말했다.

"뭐 어때서! 피아니스트가 되겠다는 것도 아닌데!"

당연한 소리! 마나미 누나는 세 살 때부터 피아노를 배웠다. 나도 세 살 때 시작했다. 지금은 중학교 입시 때문에 그만두었지만.

미호랑은 그다지 만나고 싶지 않다. 그 호들갑에는 솔직히 오만 정이 다 떨어진다. 게다가 오지랖도 넓어서 사사건건 간섭을 해 댄다. 그래도 엄마를 걱정시키고 싶지는 않다. 엄마는 여름 방학 들어서 생긴 일을 아직도 신경 쓰는 것 같다. 내가 아직 그 일을 극복하지 못했다고 생각하는 거다. 사실은 그렇지 않다. 내가 그런 일로 상처를 받다니, 인정할 수 없다. 하지만 엄마가 그렇게 생각한다는 사실에는 조금 상처를 받았는지도 모르겠다.

부모님은 마음이 넓은 편이라 늘 "너 하고 싶은 대로 해."라고 말한다. 나는 그럭저럭 우등생 축에 들어서 선생님의 신뢰도 두터운 편이었고 부모님도 나를 자랑스러워했다. 하지만 남몰래 도시나리를 괴롭혔다. 얼마 전에는 처음으로 부모님의 기대를 저버렸다. 여름 방학이 시작되고 며칠 뒤에 참가하려던 입시 학원 합숙…… 3박 4일로 나가노에서 진행될 예정이었다. 하지만 떠나기 직전에 갑작스레 취소해야 했다. 설사가 심해서 도저히 갈 수 없었다. 바짝 공부하려고 했는데……. 엄마 아빠는 몸이 아프니 어쩔 수 없다고 했다. 하지만 이미 낸 돈은 돌려받을 수 없었다. 합숙을 하면서 실력이 부쩍 느는 아이가 많다고 들은 터라 나도 실망이 컸다. 다행히 몸은 금방 좋아졌다.

그런데 합숙이 끝나고 여름 학기 수업이 시작되자마자 똑같은 증상이 생겨 학원에 갈 수 없었다. 좋아졌나 싶으면 또 배가 아팠다. 병원에도 가 봤지만 딱히 나쁜 곳은 없다고 했다. 그래도 학원은 당분간 쉬기로 했다. 건강을 해쳐서는 본전도 못 건지니까 9월부터 정신 바짝 차리고 하면 된다고 엄마가 말했다.

학원을 쉬면서 몸은 차츰 좋아졌다. 엄마는 이사를 가서 환경이 바뀌면 더 좋아질 거라며 웃었다. 마나미 누나 방도 방음이 된다며……. 지금은 그런대로 괜찮다. 이사를 와서 잘된 걸까?

오늘도 밖은 더웠다. 어제보다는 구름이 조금 더 많이 끼어 있었다. 하지만 그만큼 더 시원하기는커녕 오히려 푹푹 쪘다. 먼 하늘에서 잿빛과 흰빛이 한데 뒤섞이며 부풀어 오르듯이 적란운이 퍼져 나갔다.

가는 길에 자동판매기에서 페트병에 든 우롱차를 두 병 사서 배낭에 넣었다. 그러고는 서서 페달을 밟으며 숲으로 갔다. 꼬맹이, 와 있을까? 천진난만한 그 얼굴을 떠올리니 왠지 마음이 놓였다.

또 휘파람을 불고 있었다. 모차르트의 〈아이네 클라이네 나흐트 무지크(Eine Kleine Nachtmusik)〉. 마나미 누나는 모차르트가 어중간하다고 하지만, 나는 모차르트를 꽤 좋아한다. 피아노곡이든 현악곡이든. 클래식 음악을 휘파람으로 부는 건 좀 이상한가? 그래도 밝은 곡조와 박자가 지금 기분과 딱 맞았다.

그러면서도 한편으로는 마음을 다잡았다. 꼬맹이가 약속을 지킨다는 보장이 없다. 오지 않을 수도 있다. 괜찮아. 없어도 별 상관은 없어. 난 그냥 숲에 가는 것뿐이니까. 어떤 일에든 실망 같은 거 안 하니까.

숲 입구에 도착하자 에이타가 서 있었다. 나를 보고 손을 흔들었다. 몸도 오동통하고, 가로줄 무늬 폴로셔츠에서 비어져 나온 팔과 반바지 밑으로 뻗은 다리도 포동포동하고, 턱에도 살이 출렁거린다. 동작은 굼뜨다. 역시 도시나리를 닮았다. 한 가지 다른 점이라면, 에이타는 매달리는 듯한 눈으로 나를 보지 않는다. 진짜로 즐거운 듯이 웃는다. 어제 땀에 젖은 손으로 내 팔을 잡았을 때, 왜 그런지 몰라도 문득 그런 생각이 들었다. 이 애를 보살펴 줘야 한다고. 이 애는 내 동생이라고. 정말로 나한테도 동생이 있으면 좋을 텐데. 그런 변덕쟁이 누나 말고.

"가아즈!"

에이타는 손나팔을 만들어 입가에 대고 큰 소리로 나를 불렀다. 오늘은 잠자리채가 없다.

"매미는 이제 안 잡아?"

나는 형 행세를 하며 물었다.

"응. 이제 됐어. 어제 많이 봤어. 계속 봤어."

"매미를 계속 봤다고? 그 매미, 어쨌어?"

표본이라도 만들었나?

"놔줬어. 노사가 매미는 오래 못 사니까 가둬 두면 불쌍하대."

"노사?"

"응, 노사."

누구 얘기지? 이름치고는 이상했다. 어쩌면 에이타네 형이나 누나 별명일지도 모른다. 어쩐지 에이타한테는 위로 형제가 있을 것만 같았다.

"그러면 오늘은 뭐 하고 놀까?"

"오늘은 나무 이름을 조사할 거야."

에이타가 손바닥만 한 식물도감을 보여 주었다. 낡아서 너덜너덜해진 책이었다.

"노는 게 아니라 공부 같은데."

"맞아, 공부 놀이. 다섯 가지 나무 이름을 외우는 거야."

에이타는 생글생글 웃을 때 보면 초등학교 저학년이라고 해도 믿을 만큼 어려 보였다.

"나무 이름이라."

무슨 공부가 그렇게 쉬운가 싶었다. 그런데 숲에 있는 나무 종류가 조금씩 다른 건 다들 금방 알아차려도, 이름은 의외로 잘 모른다. 꽃이 피면 벚나무라는 걸 알고 열매가 열리면 감나무라는 걸 알아도, 줄기나 가지만 보고 판단하기는 꽤 어려운 것 같다. 은행나무처럼 잎에 특징이 있으면 다르지만 말이다.

에이타는 무성한 잡초 속으로 들어가 커다란 나무줄기에 손을 댔다. 어제 우리가 만난 곳이다. 에이타가 잠자리채를 뻗어 매미를 잡으려다 놓친 나무다.

"가즈, 이 나무 이름 알아?"

나무를 찬찬히 바라보았다. 줄기는 굵다. 하지만…… 모르겠다. 나무줄기 같은 걸로는 분간되지 않는다. 잎은 어떨까? 가지는?

"뭐지?"

같은 나무가 바로 옆에도 서 있다. 에이타는 도감을 한 장씩 넘기면서 눈을 들어 나무를 올려다보았다. 상당히 큰 나무다. 줄기에 손을 대 보니 뜻밖에 매끄러웠다. 둘이서 나뭇잎을 지그시 바라보았다. 잎 가장자리가 톱니처럼 까칠까칠했다.

"가즈, 나 알았어. 이 나무는 이거야."

에이타는 도감을 손으로 짚었다. 나는 종가시나무라고 쓰여 있는 항목을 읽어 내려갔다.

"종가시나무, 참나무과, 참나무속. 참나무의 일종이래."

"과자 나무(참나무는 일본어로 가시カシ, 과자를 뜻하는 가시かし와 발음이 같다.)네!"

통통 튀는 목소리에 나는 어이없다는 듯 어깨를 으쓱했다.

"아니야, 참나무. 나무 목(木) 변에 단단할 견(堅) 자를 써."

"장난이야. 과자가 나무에 열리지 않는 것쯤은 나도 알아."

그렇겠지. 아무리 나이보다 어려 보여도, 좀 굼떠 보여도…….

"이름을 알아서 다행이다."

머리에 손을 톡 올려 본다. 그러자 에이타가 나를 올려다보며 다정하게 웃었다.

"응. 모든 것엔 이름이 있대. 노사가 그랬어."

이름…… 기리모토 가즈키(和希)…… 평화와 희망. 그런데 희망이란 게 정말로 있는 걸까? 좋은 중학교에 가는 것? 그게 내 희망이었을까? 스스로 정했으니까 열심히 해 보라며 아빠가 웃었다. 가즈키는 잘할 거라며 엄마도 웃었다.

우리는 그 뒤로도 도감과 비교해 가며 나무 이름을 몇 개 더 익혔다. 종가시나무, 상수리나무, 모밀잣밤나무, 밤나무, 녹나무…….

모밀잣밤나무 잎은 앞면이 초록색인데 뒷면은 노란색이었다. 녹나무 잎을 주웠다. 가지에 가까운 쪽은 둥그렇게 부풀어 있는데, 끝은 뾰족했다. 잎을 찢어 보았다.

"좋은 향기가 나."

에이타가 말했다. 나도 잎을 코에 가져다 댔다.

"진짜."

나뭇잎에서 이렇게 상큼한 향기가 나다니!

정신을 차려 보니 날이 잔뜩 흐려 있었다. 하늘은 짙은 구름으로 뒤덮여 있었다. 그것도 시커먼 구름이었다.

"큰일이다. 소나기가 내릴 것 같아."

"우리 집에 갈래?"

"너희 집? 가까워?"

"바로 저기야. 가자."

자전거를 밀면서 에이타를 따라갔다.

"그거 가즈 자전거야?"

"그래."

"좋겠다. 난 자전거 못 타."

어? 요즘 세상에 자전거 못 타는 남자애가 있다고? 아무리 굼떠 보여도 그렇지. 도시나리도 자전거는 진작부터 타고 다녔는데.

"자전거는 누구나 탈 수 있어."

"그렇지만 난 못 타. 타고는 싶은데 안 돼."

풀 죽은 얼굴을 보니 조금 측은한 마음이 들었다.

"안장 위에 앉아 볼래? 여기서는 달릴 수 없지만."

"진짜?"

고개를 끄덕이며 자전거를 세운 다음, 에이타가 올라탈 수 있도록 손을 잡아 주었다.

"내가 끌어 줄게."

나는 에이타의 부드러운 손과 핸들을 겹쳐 잡고 천천히 자전거를 끌었다. 길이 고르지 않아서 자전거가 심하게 덜컹거렸다. 그런데도 에이타가 기쁜 듯 웃고 있어서 나도 덩달아 기분이 좋아졌다. 남이 기뻐하는 모습을 보는 건 나쁘지 않다.

드디어 빗방울이 뚝뚝 떨어졌다.

"빨리 가자!"

에이타가 자전거에서 내려 달리기 시작했다. 나도 자전거를 끌면서 허둥지둥 달려갔다. 눈 깜짝할 새에 빗줄기가 거세져서 우리는 둘 다 물에 빠진 생쥐 꼴이 되었다. 번개가 숲을 환하게 비추었다. 한순간 주위의 색이 반전된 듯한 착각이 들었다. 곧이어 우르릉우르릉 대지를 흔드는 천둥소리가 울려 퍼졌다. 에이타는 그 소리에 겁을 집어먹은 듯 잠깐 주춤했지만 곧 다시 달렸다.

그렇게 해서 우리는 허름한 건물 앞에 가 닿았다.

3

우리 집 가는 방향과는 반대쪽 숲 가장자리에 나무로 지은 집 한 채가 오도카니 서 있었다. 뭐야, 이 집은…….

작은 단층집은 벽의 칠이 여기저기 벗겨져 있었다. 아래쪽은 칠이 벗겨진 정도가 아니라 판자가 완전히 삭아 있었다. 거기서 잡초가 자라 나와 우거졌고, 외벽 가장자리에는 마른 풀과 나무 조각들이 쌓여 있었다. 창문에 끼운 불투명 유리는 더러운 데다 여기저기금이 가서 안쪽에 비닐 테이프를 붙여 놓았다. 집 전체가 먼지로뒤덮인 것처럼 뿌옇게 보였다.

에이타가 현관으로 성큼 다가갔다. 나도 모르게 발걸음을 멈추고 우뚝 서 버렸다. 여기가 집?

"너희 집, 맞아?"

"맞아."

에이타가 망설임 없이 대답하더니 내 손을 잡아끌었다. 발이 움직이지 않았다. 거짓말! 설마…… 어디를 봐도 여기는 사람 사는 집이 아니다. 이렇게 더러운 곳에서 어떻게 살아. 나는 미간을 찡그리며 에이타를 쳐다보았다. 그러거나 말거나 에이타는 현관문 손잡이를 잡아당겼다.

칠이 벗겨진 나무 문은 귀퉁이가 떨어져 나가고 위쪽에 끼운 유리도 깨져 있었다. 벽도 칠이 벗겨져서 온통 지저분하고 스산한 느낌이었다. 이 집은 오랫동안 사람이 살지 않아서 완전히 황폐해지고 썩어 가는…… 폐가였다. 이런 데서는 사람이 살 수 없다.

"가즈, 젖으니까 빨리 들어와!"

에이타가 한심하다는 듯 얼굴을 찌푸리며 다시 나를 잡아당기자, 번개가 번쩍이며 주위를 비추었다. 그 순간 모습을 드러낸 폐가가 나한테 와락 달려드는 듯해서 으스스했다. 하지만 빗줄기가 점점 굵어지고 있었다. 나는 에이타가 잡아끄는 대로 현관으로 들어갔다.

현관 시멘트 바닥에 누군가 벗어 놓은 분홍색 샌들이 널브러져 있었다. 무채색 세계에서 오로지 그곳에만 색이 있는 듯 먼지 쌓인 현관과는 어울리지 않는 샌들이었다.

"안에 누가 있니?"

작은 소리로 물었다.

"응."

에이타가 신발을 벗고 안으로 들어갔다. 나도 주춤거리며 따라 들어갔다. 나무 마루를 깐 짧은 복도는 모래 먼지 때문에 까끌까끌

했다. 양말이 더러워질 것 같아서 되도록 까치발로 걸었다.

"에이타니?"

안에서 목소리가 들려왔다. 여자아이다.

"나 왔어. 가즈랑 같이."

에이타한테 이끌려 복도 옆에 있는 방으로 들어갔다. 방구석에 여자아이가 무릎을 세우고 앉아 있었다.

"누구야?"

조그맣게 물었다.

"유카 누나야."

유카라는 여자애가 나를 흘끔 보았다. 조금 밋밋해 보이는 달걀형 얼굴에, 뒤로 묶은 머리가 허리께까지 늘어져 있었다. 청바지에 흰 셔츠를 입었다. 찜통처럼 더운데 셔츠는 긴팔이었다. 말쑥한 모습이 이 지저분한 집과 전혀 어울리지 않았다. 에이타도 마찬가지다. 여기가 자기네 집이라니, 농담일 게 뻔하다.

"누구야, 넌?"

유카가 불퉁스럽게 물었다.

"에이타, 너희 누나니?"

에이타한테 물었는데, 대답을 한 건 유카였다.

"아니야. 난 노사를 만나러 왔어."

이 애도 노사라고 했다. 그러면 노사는 에이타네 형이 아닌 건가? 더구나 만나러 오다니, 노사라는 사람은 여기 사나? 설마! 여기엔 아무것도 없잖아. 옷장도 이불도 탁자도! 그런 생각을 하며 방을 둘러보았다.

구석에 타월 담요가 놓여 있었다. 좀 지저분해 보였지만 깔끔하게 개켜져 있었다. 흠집투성이 기둥에 박힌 못에는 수건이 걸려 있었다. 반대쪽 구석에는 낡은 책이 몇십 권 쌓여 있었다. 방 안에 있는 거라곤 그것뿐이었다. 어두웠다.

"불 안 켜?"

천장에 달린 전등갓을 가리키며 묻자, 유카가 느닷없이 마른 웃음을 터트렸다. 웃음소리에 천둥소리가 겹치자, 에이타가 또 움찔하며 몸을 움츠렸다. 번개가 방 안을 비췄다. 한순간 주위가 노란 빛에 씻긴 듯이 환해졌다가 금세 어스름 속에 잠겼다. 어둑한 방 가운데 서서 눈을 비비며 천장을 올려다보았다. 전등갓 안에는 형광등이 꽂혀 있지 않았다.

"전기 같은 건 안 들어와."

유카가 툭 내뱉었다. 그렇다면 더더욱 이런 데서 사람이 살 리 없다. 조금 마음이 놓였다.

빗줄기가 제법 거세져서 후드득후드득 소리가 났다. 창가 쪽 천장에서 물이 뚝뚝 떨어졌다. 비가 새는 모양이었다.

유카가 혀를 차며 일어나더니 부엌에서 이 빠진 사발을 가져다가 비가 새는 곳에 받쳐 놓았다. 빗물이 똑똑 소리를 내며 사발에 떨어져 고였다. 여긴 대체 어떤 곳일까?

번개가 번쩍이면서 동시에 우르릉우르릉 요란한 소리가 났다. 마룻바닥이 부르르 떨리는 것 같았다. 에이타가 헉 하고 조그맣게 비명을 지르며 내게 달라붙었다.

"지금 건 가까운 데 떨어졌을걸."

유카가 놀리듯 말했다. 나는 유카를 째려보고는 에이타 등을 달래듯이 토닥거렸다. 에이타가 내 손을 꼭 쥐었다. 나보다 훨씬 작은 손에 땀이 흥건했다. 겁쟁이구나. 그런 점도 도시나리를 좀 닮았다.

"에이타는 진짜 겁쟁이라니까."

매정한 말투였다. 이 애는 누구지? 왜 이렇게 못되게 굴지? 하긴 나도 남한테 못됐다고 말할 자격이 없다.

언제였더라? 나무에 올라가서 내려오지 못하는 도시나리를 료이치랑 둘이서 바보 취급했다. 도시나리는 결국 울어 버렸다. 유카보다 내가 훨씬 더 못됐다.

유카는 빈정거리는 표정으로 콧방귀를 뀌더니 어깨를 으쓱했다.

갑자기 주위가 조용해졌다. 아까 친 엄청난 번개를 경계로 빗줄기도 잦아들었는지 빗방울 듣는 소리가 뜸해졌다. 밖이 밝아지나 싶더니 창문으로 햇빛이 비쳐 들었다. 느닷없이 매미가 울어 댔다.

"소나기 그쳤나 봐."

에이타보다는 유카에게 들으라는 듯이 말했다.

"목말라."

유카가 중얼거리더니 부엌으로 갔다. 나랑 에이타도 따라갔다. 아무것도 없기는 거기도 마찬가지였다. 접시 몇 개와 물컵, 낡아 빠진 나무젓가락이 지저분한 개수대에 놓여 있을 뿐이었다. 냉장

고도 없었다. 전기 같은 거 들어오지 않는다던 유카 말이 퍼뜩 떠올랐다. 유카는 개수대 아래 수납장 문을 열더니 페트병을 꺼냈다.

"뭐야, 비었잖아. 노사도 참! 밤에 어쩌려고."

밤에? 그럼 그 사람은 정말 여기 사는 건가? 에이, 그럴 리 없지. 하지만 지저분하긴 해도 식기가 갖춰져 있다. 방에는 타월 담요도 있다.

이런 데 살다니 변변찮은 인간일 거야. 에이타와 유카는 친밀하게 말하지만, 나는 노사라는 사람한테서 흥미가 싹 가셨다.

"아, 참!"

내가 외쳤다.

숲으로 오는 길에 우롱차 산 걸 까맣게 잊고 있었다.

"나한테 차 있어."

"그런 건 빨리 말해!"

유카가 언짢은 듯이 말했다.

"컵 있어?"

"여기엔 그딴 거 없어."

에이타가 개수대에서 물컵을 집어 들었다.

"씻어, 에이타."

유카는 그러더니 다시 웃음을 터트렸다.

"물 같은 거 안 나와."

"뭐?"

"수도도 끊겼어. 근처 공원까지 뜨러 가."

그래서야 어떻게 산담? 나는 틀림없이 얼빠진 표정을 지었을 거다. 유카가 재밌다는 듯이 웃었다. 뭐가 웃기지? 바보 취급하는 거야? 발끈해서 유카를 노려보았다. 하지만 유카는 아랑곳하지 않고 내가 배낭에서 꺼낸 우롱차를 낚아채서 뚜껑을 비틀어 열더니 병에 입을 대고 마셨다.

"미지근해!"

불평을 하면서도 350밀리리터짜리를 반쯤 들이켜고 나서 에이타한테 건넸다. 에이타는 씩 웃으며 — 얘는 늘 웃고 있지만 — 페트병을 받아들었다.

"맛있어."

"물 떠 놔야 돼."

유카가 툭 내뱉었다.

열린 창문 틈으로 소나기가 내리기 전보다는 한결 시원한 바람이 불어왔다. 나는 유카와 에이타처럼 마룻바닥에 다리를 뻗고 앉았다. 유카는 손을 뒤로 뻗어 바닥을 짚고 몸을 젖힌 뒤 천장을 올려다보며 눈을 감았다. 긴 머리가 바닥에 닿을락 말락 했다. 먼 곳을 바라보는 옆얼굴에 가슴이 조금 철렁했다. 어쩐지 묘한 표정이었다. 외로워 보이면서도 남들이 다가서지 못하게 하는 강인함이 있어서, 한순간 넋을 잃고 바라보았다. 유카가 불쑥 몸을 돌려 나를 바라보았다. 눈이 마주치자, 나는 당황해서 눈길을 돌렸다.

"여기 말이야, 마음이 편안해져. 아무것도 없고, 그냥 낡아 빠진 집인데도."

나한테 한 말이겠지? 하지만 여기는 사람 사는 집이라고 할 수 없다.

아까 같은 의문이 고개를 쳐든다. 노사라는 사람은 진짜 여기 사는 걸까? 어쨌든 여기엔 희미하나마 사람이 사는 흔적이 있다.

"에이타!"

현관에서 누군가 에이타를 부른다. 처음 듣는 목소리다. 누구냐고 묻듯이 에이타를 쳐다보았다.

"후미오다!"

에이타는 벌떡 일어나더니 자박자박 발소리를 내며 현관으로 나갔다.

"어서 와!"

노래하는 듯한 목소리가 들렸다. 어서 오라니…….

"오는데 비가 쏟아져서. 뭐, 샤워한 셈 치면 되나?"

웃음 섞인 목소리가 들리더니, 남자아이가 에이타한테 팔을 잡힌 채 들어왔다. 에이타보다 머리 하나쯤 더 크고, 몸이 다부진 아이다. 각진 얼굴에 눈썹이 짙고, 코와 입도 크다. 머리카락과 옷이 푹 젖었다. 아이는 나를 보자마자 버럭 소리를 질렀다.

"누구야, 넌? 왜 멋대로 들어왔어!"

"후미오, 가즈야. 내 친구야."

에이타가 말했지만 후미오는 듣지 않았다.

"에이타, 넌 가만있어. 너, 누구한테 허락받고 여기 왔어? 당장 꺼져!"

그러면서 내 어깨를 쿡 찔렀다.

"폭력은 안 돼!"

유카가 끼어들었다. 그래도 후미오는 서슬이 퍼래서 소리를 질렀다.

"시끄러워! 너도 나가! 여긴 우리 은신처야!"

유카는 어깨를 으쓱하더니 나를 보고 말했다.

"가자. 기분이 별로인가 봐."

나는 별 수 없이 유카를 따라 현관으로 갔다. 등 뒤에서 후미오가 또 거친 말을 퍼부었다.

"다시는 오지 마!"

그 목소리에 묻힐 듯 말 듯 가느다란 목소리로 에이타가 말했다.

"가즈, 내일 봐!"

"누구야, 쟤?"

"그러는 너는?"

맞다. 아직 내 소개를 하지 않았다.

"기리모토 가즈키. 며칠 전에 이사 왔어."

"흐응, 몇 학년인데?"

"6학년인데, 이쪽 학교는 안 다닐 거야."

"사립 학교 다니니?"

"아니, 다니던 학교가 별로 안 멀어."

'너는?' 하고 묻듯이 유카를 쳐다보았다.

"난 시이나 유카. 중 1이야, 학교에 다니면."

유카는 흐흥 하며 코웃음을 쳤다.

'다니면'이라니, 학교에 안 다닌다는 소린가?

"집은?"

유카는 말없이 손가락을 들어 가리켰다. 우리 집과는 반대 방향이었다.

"에이타가, 저기가 자기네 집이랬는데. 설마 저딴 집에 사는 건 아니지?"

"저딴 집이라 미안하네. 하지만 난 저기가 좋아."

화난 듯한 말투였다. 이상한 애다. 저런 집, 아무리 봐도 그냥 폐가 아닌가?

"그렇지만 전기도 안 들어오고 물도 안 나오고. 게다가 걔, 후미오랬지? 은신처라고 했잖아?"

맞다, 그거다. 거긴 분명히 에이타와 후미오의 비밀 기지 같은 거다. 노사라는 사람한테도 그런 거고. 그 사실을 깨닫고 나니 마음이 놓였다. 사람이 살 만한 데가 아니니까. 후미오는 자기네 비밀 기지에 모르는 사람이 와서 그렇게 화를 낸 게 틀림없다.

"에이타는 강 건너…… 이 숲 앞에 강이 있거든, 아오키 강이라고. 강 건너에 걔네 집이 있나 봐. 하지만 저기 산다는 말도 100퍼센트 틀리진 않아. 날마다 오는 것 같고, 진짜로 저기서 잔 적도 있대. 나도 저기 살면 좋을 텐데."

"진짜?"

확실히 비밀스러운 은신처로는 나쁘지 않다. 오늘처럼 비를 피할 수도 있다. 비가 새기는 하지만 낮에 노는 은신처라면 그쯤은 참을 수 있다. 그래도 살고 싶다니, 그 또래 여자애가 좋아할 만한 장소는 아니다. 엄청 낡은 데다 더럽다. 생각만 해도 온몸이 스멀거린다.

"저기 있으면 마음이 편해. 근데 노사가 허락을 안 해 줘. 나한테는 집이 있다고 말이야."

"노사가 이름이야? 처음엔 에이타네 가족인 줄 알았어."

"노사는 '노인' 할 때 '노(老)' 자에 '교사' 할 때 '사(師)' 자를 써. 무술의 달인 같은 건 아니야. 선생님이란 느낌? 진짜로 그런 뜻으로 쓴다나 봐."

"그럼 후미오는?"

"걔는 지금 진짜로 거기 살아. 가출 소년이거든."

"가출?"

나는 이맛살을 찌푸렸다. 그래서 저 더러운 집에 산다는 건가? 그래도 역시 믿기지 않는다.

"그래. 시설에서 나왔다고 전에 얼핏 들었는데……."

"시설이라니?"

"보육원."

"부모 없는 애들이 사는 데 말이야?"

걔는 부모가 없나?

"부모 없는 애들만 있는 게 아냐. 이혼하거나 다른 이유로 부모가 키울 수 없는 애들도 있대. 노사가 그랬어. 후미오네 진짜 집이 어딘지, 지금도 가족이 거기 살고 있는지는 아마 노사도 모를걸.”

“노사는 어떤 사람이야?”

유카는 갑자기 입을 다물어 버렸다. 마침 오솔길이 끝나는 곳이었다. 유카가 머리에 맨 물빛 고무줄을 끌렀다. 긴 머리가 어깨 위로 좌르르 쏟아지고 앞머리가 이마를 덮었다. 유카는 딴사람처럼 표정이 어두워졌다.

“노사는 노사야. 너, 여기엔 되도록 오지 않는 게 좋을 거 같다. 그럼 잘 가.”

유카는 등을 돌리더니 도망치듯 뛰어갔다. 결국 노사가 어떤 사람인지, 정말로 후미오랑 같이 사는지는 알 수 없었다.

“늦었구나. 미호가 조금 전까지 기다렸어.”

엄마가 말했다. 맞다. 미호가 레슨을 받으러 오는 날이었다. 까맣게 잊고 있었다. 하지만 덕분에 못 치는 피아노 소리를 듣지 않고 넘어갔다.

“어쩔 수 없었어. 소나기를 만나서 피하느라.”

되도록 태연히 대답했다. 기분 나쁜 것처럼 들리지 않게, 변명하는 것처럼도 들리지 않게. 어디 있었는지는 말하지 않았다. 그렇게 불결한 집에 있었다고는 말할 수 없다. 엄마는 할 말이 있는 듯 나를 빤히 쳐다보았다. 아마도 어디서 비를 피했는지 물을까 말까 망설이는 거겠지. 하지만 더는 아무 말도 하지 않았다.

4

나갔다 오겠다고 했더니, 엄마가 얼굴을 조금 찌푸렸다.

"사흘째 계속 어딜 가는데?"

"이 동네가 어떤지 궁금해서. 그냥 자전거 타고 여기저기 돌아다니는 거야."

"슬슬 공부도 생각해야 하지 않니?"

"나도 알아. 기분 전환 좀 하려는 거야. 어젯밤에도 계속 산수(일본에서는 초등학교까지 수학을 산수라고 한다.) 공부했어."

거짓말이다. 이제 거짓말이 술술 나온다. 엄마를 걱정시키고 싶지 않으니까.

"너무 늦지 마."

엄마는 벌써 웃고 있다. 다정해 보이는 웃음이다. 하지만 억지웃음이란 생각이 자꾸만 든다. 사실은 내가 나가지 않았으면 하는 거다. 학원에 가지 않으니까 대신 집에서라도 맘 잡고 공부하길 바랄 테지. 하지만 그런 말은 하지 않는다. 결정하는 건 나니까.

왜 그럴까? 보통 부모가 아이한테 공부하라고 하는 건 이상한 일이 아닌데……. 또 아프기라도 하면 큰일이라서? 마나미 누나 목소리가 귓가에 되살아난다.

"입시 스트레스 아니야? 가즈키는 마음도 약한 주제에 센 척하니까……."

누나는 음대 부속 고등학교에 합격했다고 우쭐해 있다. 대단한 재능도 없는 주제에.

고개를 휘휘 저어 누나 말을 떨쳐 냈다. 그러고는 조금 거칠게 페달을 밟았다.

정처 없이 동네를 돌아다녔다. 이 동네에는 딱히 재밌는 것도 없고, 돌아다녀 봐야 지루하기만 하다. 간선 도로를 따라 편의점, 작은 서점, 우체국, 패밀리 레스토랑 따위가 늘어선 흔해 빠진 풍경이다. 조붓한 길로 들어서면 어디서나 볼 수 있는 집과 밭, 그리고 그 잡목림에 비하면 코딱지만 한 숲이 있을 뿐이다.

되는 대로 달리다가 제법 큰 공원을 맞닥뜨렸다. 공원 안에는 도서관이 있었다. 커뮤니티 센터라고 해서 시에서 운영하는 시설들이 들어가 있는 건물인데, 1층이 도서관이었다.

책은 그렇게 많지 않았다. 같은 시내에 있지만, 전에 살던 집 근처 도서관은 중앙 도서관이라서 여기보다 훨씬 크다. 다만 여기는 새로 지었는지 건물 안팎이 깨끗하고, 낡은 책이 적어서 마음에 들었다.

도서관에서 땀을 좀 식힌 뒤, 숲에 가 보기로 했다.

에이타를 만날 수 있을까? 걔는 누구라고 했지? 맞다, 후미오랬지. 유카 말로는 가출 소년이라는데, 덩치도 크고 좀 무서웠다. 느닷없이 고함을 질러 댔다. 혹시 그 애가 에이타랑 같이 있으면 어쩌지? 그건 그때 가서 생각하자며 억지로 스스로를 타일렀다.

후미오랑 마주치는 건 싫다. 그런데도 에이타는 만나려고 한다. 왜? 겨우 이틀 전에 처음 만난 아이다. 친구라고 할 만큼 친하지도 않은데…….

어제 에이타가 말했다. "가즈, 내일 봐."라고. 그 말을 떠올리면 신기하게도 마음이 들뜬다. 그런 식으로 나를 믿고 따르는 아이를 만난 적이 없기 때문이다. 누군가를 만나는 일이 기다려지고 기분이 좋아지는 건 아주 오랜만이다.

숲 입구에 에이타가 서 있었다. 에이타는 웃으며 반겨 주었다. 숲으로 들어가니 공기가 달라졌다. 사막에서 오아시스를 만난 것처럼…….

"후미오는?"

"집에 있어. 노사가 책 읽으래서 읽고 있어. 후미오는 이야기책 읽는 게 좋대. 그게 후미오 공부야."

"에이타, 그럼 오늘은 딴 데 가자. 좋은 공원을 찾았어."

"공원은 이 숲 옆에도 있어. 거기서 물을 뜨거든."

에이타는 숲 북쪽을 가리켰다.

"큰 공원이야? 놀 거 있어?"

"벤치가 두 개 있어. 그네랑 시소랑……."

"그런 게 무슨 공원이냐? 내가 찾은 데는 되게 넓어. 공원 안에 도서관도 있다고. 자전거로 가면 금방이야."

"음…… 그래, 좋아."

에이타는 잠깐 망설이다가 고개를 끄덕였다.

"공원에서 자전거 타는 법 가르쳐 줄게."

이번에는 얼굴이 환해졌다.

"진짜?"

"어. 안장을 내리면 너도 발이 닿을 거야."

에이타를 뒤에 태우고는 온 길을 되짚어 갔다.

"둘이 타면 안 되지?"

에이타가 들뜬 목소리로 물었다.

"그렇지만 괜찮아."

"맞아. 괜찮아!"

한낮의 뙤약볕 탓인지 공원에는 사람이 별로 없었다. 자전거 연습하기에는 딱 좋았다.

에이타는 좀처럼 요령을 익히지 못했다. 내가 뒤에서 짐받이를 잡아 주면 그럭저럭 앞으로 가는데, 손을 떼기만 하면 바로 휘청거렸다.

"안 놓을 테니까 걱정 마."

그렇게 말하며 속여 보려 했지만 속아 넘어가지 않았다. 나는 아빠한테 속아 가면서 배웠는데……. 뒤통수에 눈이라도 달렸는지, 살짝이라도 손을 대고 있을 때는 어찌어찌 타다가도 손을 아주 떼어 버리면 곧 비틀거리는 거다.

"난 안 되는 걸까?"

"괜찮아. 연습하면 다 탈 수 있어."

그날은 에이타를 숲 입구까지 바래다주었다.

"에이타, 내일도 연습할래?"

"응!"

"그럼 그 공원에서 볼까?"

"음…… 그래."

"어딘지 알겠어?"

"알아. 괜찮아. 난 길 안 헤매."

"그럼 1시에 공원 큰 느티나무 밑에서 기다릴게."

"응, 알았어. 근데 가즈……."

"왜?"

"우린 친구지?"

에이타가 싱글거리며 말했다.

이튿날, 시간을 넉넉히 두고 공원으로 갔다. 자전거 상태는 최상이다. 발이 가볍다. 마음도 무척 가볍다.

에이타는 시간 맞춰 올까? 오늘은 어떻게 자전거를 가르쳐 줄까? 잘 타게 해 줘야 하는데.

에이타는 나더러 친구라고 했지만, 친구라기엔 너무 어리다. 역시 동생 같은 느낌이다. 친구랑은 좀 다르다.

친구 따위…….

같은 반 애들 몇 명을 떠올렸다. 작년까지는 료이치, 도시나리와 날마다 뭉쳐 다녔다.

도시나리하고는 유치원 때부터 줄곧 같은 반이었다. 악연이다. 옛날부터 가즈, 가즈, 하면서 내 꽁무니를 졸졸 따라다녔다.

도시나리는 이름에 '준걸 준(俊)' 자를 쓴다. 뛰어난 사람이라는 뜻인데, 이름하고는 전혀 어울리지 않는다. 나는 뒤에서 '둔탱이'라고 불렀다. 굼뜨고 미련하고 물러 터졌다. 저학년 때부터 같이 놀러 갔다가 혼자 두고 오기도 하고, 피구를 하면서 공으로 있는 힘껏 얼굴을 맞힌 적도 있다.

그때 도시나리 얼굴을 떠올리면 입맛이 쓰다. 일부러 맞혔다. 못 피할 걸 알고 있었다. 하지만 시치미를 뗐다.

"미안. 얼굴 맞히려던 게 아니었는데 손이 미끄러졌어."

도시나리는 이마가 새빨간데도 애써 웃으려 했다.

"괜찮아. 일부러 그런 게 아니잖아."

너, 아직도 날 의심하지 않니? 일부러 그랬어. 그렇게 악의가 부풀어 터질 것 같아서, 어찌할 바를 몰라서, 도시나리와는 놀지 않게 되었다.

"내 옆에서 알짱대지 마!"

그렇게 심한 말을 내뱉은 건 나다. 지난해 말에 있었던 일이다.

녀석은 지금도 가끔씩 원망스러운 눈으로 나를 본다. 뒤통수에 꽂히는 도시나리의 시선을 느끼며 료이치와 둘이 지내는 일이 많아졌다. 오지랖 넓은 미호가 도시나리랑 싸웠느냐고 물었지만 대답하지 않았다.

료이치와 친해진 건 5학년 때 같은 반이 되고서부터다. 료이치는 공부 라이벌로 같은 학원에 다녔다. 제법 수준이 높은 중학교 입시 학원이었다. 성적은 엇비슷해서, 내가 앞지를 때도 있고 료이치가 앞지를 때도 있었다. 그런데 석 달 전 골든 위크(4월 말부터 5월 초까지 휴일이 많은 일주일)가 끝나고, 료이치는 사립 중학교 시험을 보지 않겠다고 했다. 4월부터 아버지 월급이 줄어서, 사립 학교에 갈 여유가 없어졌단다. 학원도 관뒀다.

"가즈키네 집은 부자니까, 좋은 중학교 노려 봐."

료이치는 격려하듯이 내 어깨를 툭 쳤다. 아팠다.

"그렇지만 입시 문제는 부모님이 정한 거니까……."

나는 변명하듯이 중얼거렸다.

"그럼 관두면 되잖아?"

료이치는 업신여기는 표정을 지으며 웃었다. 그 웃음소리를 떠올리면 우울해진다. 결국 료이치도 진짜 친구는 아니었던 거다. 어디에도 진짜 친구 같은 건 없다.

그때부터 몸이 조금씩 무거워졌다. 도시나리를 보고 싶지 않았다. 료이치하고도 같이 있고 싶지 않았다. 그렇다고 외톨이가 되긴 싫으니까, 료이치하고는 계속 어울렸다. 즐겁지 않았다. 빨리 여름

방학이 되기만 바랐다.

한편으로 여름 방학에 학원을 다닐 생각을 하면 우울했다. 입시 생각이 머릿속을 맴돌았다. 료이치가 빠지고 나서 학원 성적이 조금씩 떨어졌다. 엄마는 성적이 떨어져도 야단치지 않았다. "다음에 잘하면 돼."라고 말할 뿐이었다.

나는 어떻게 하고 싶은 걸까? 집에서 피아노 소리가 나면 울컥 화가 났다. 특히 미호가 레슨을 받으러 오는 날은 화가 머리 꼭대기까지 치밀었다. 왜 이제 와서 피아노 같은 걸…… 내가 그만두자마자……. 되게 못 치네. 또 틀렸어. 거기는 더 천천히 노래하듯이 쳐야 한다고!

여름 방학이 되자마자 몸이 아팠다. 그 뒤에도 엄마는 말했다. "넌 실력이 있으니까, 괜찮아."라고. 그런 기대가 무거워서 도망치고 싶을 때가 한두 번이 아니다. 왜냐하면 나한테는 실력 따위 없기 때문이다, 분명히.

피아노를 관둔 건 6학년 올라와서다.

"피아노는 잠깐 쉬는 게 어떠냐?"

아빠가 말했다.

"엄마 생각도 그래. 지금은 공부에 집중하는 게 좋을 것 같아. 어떡할래, 가즈키?"

그만두고 싶지 않았다. 수영도 잠깐 배우고 붓글씨도 써 봤지만, 푹 빠져든 건 피아노뿐이었다. 그래서 대답할 수 없었다.

"치지 말라는 게 아니야, 가즈키. 그래도 레슨은 부담이 되지?"

"그래, 중학교에 합격하고 나면 얼마든지 다시 칠 수 있어. 잘 생각해 봐."

아빠 엄마가 그만두는 게 좋겠다고 하니까, 아마 그러는 게 옳겠지. 그래서 나는 말했다.

"관둘래. 합격할 때까지 피아노 안 칠 거야."

"기분 전환 정도는 괜찮아."

"맞아. 엄만 널 믿어. 넌 합격할 수 있어."

피아노가 기분 전환? 그런 식으로 생각한 적은 없다. 기분 전환을 한다는 마음으로 칠 거면, 아예 안 치는 게 낫다.

"안 칠 거야."

"네가 그렇게 정했으면 그렇게 해라."

아빠가 말했다.

그런데 내 마음은 조금씩 조금씩 버석버석 말라 가고, 보풀이 일고, 뭘 해도 재미가 없고, 학교에 가는 게 고통스럽고, 엄마가 피아노 가르치는 소리조차 듣기 싫어졌다. 목이 바싹 마른 채로 물 없는 사막을 걷는 것 같았다. 물을 마시고 싶다. 차고 맑은 물을……

공원 입구가 보였다. 괴로운 기억을 떨쳐 내듯이 고개를 젓는다. 이제 곧 에이타의 웃는 얼굴을 볼 수 있다.

하지만 에이타는 없었다. 20분을 기다렸다. 에이타는 나타나지 않았다. 왜 안 오지? 무슨 일 있나? 자전거를 타고 주위를 찬찬히

둘러보면서 숲을 향해 천천히 달렸다. 하지만 에이타는 어디에서도 보이지 않았다.

숲 입구에 자전거를 세워 놓고 폐가까지 달렸다.

"에이타!"

집 밖에서 큰 목소리로 불렀다. 무뚝뚝한 얼굴로 나타난 것은 후미오였다.

"에이타는?"

"너랑 같이 있는 거 아니었어?"

후미오가 조금 놀란 듯이 말했다.

"어? 저기, 오늘은 여기 안 왔니?"

"왔어. 잠깐 나갔다 온다고……. 너랑 근처에서 놀고 있는 줄 알았는데."

"……언제 나갔어?"

"벌써 한 시간은 지났어."

후미오가 이맛살을 찌푸렸다.

"한 시간이나?"

"그 녀석, 설마 혼자서 어디 갔나? 툭하면 길 잃으니까 혼자서는 나가지 말라고 했는데."

후미오의 눈썹이 점점 더 가운데로 모이더니 인상이 험악해졌다. 툭하면 길을 잃다니, 무슨 소리야? 길을 헤매지 않는다고 한 건 허풍이었나?

나는 돌아서서 뛰었다. 여기서 그 공원까지는 에이타 걸음으로도 15분 정도밖에 안 걸린다. 이 뙤약볕 아래 1시간이나 어디를 헤매고 다니는 걸까?

"야, 기다려! 어디 가는 거야?"

뒤에서 후미오가 고함을 쳤지만, 돌아보지 않았다. 숲 입구에서 자전거에 올라타서는 에이타 이름을 부르며 달렸다.

우선은 온 길을 되짚어 공원까지 내달렸다. 둘러보아도 없다. 나무 그늘과 도서관 쪽도 살펴보았다. 역시 없다.

군데군데 갈림길에도 들어가 찾아보았다. 땀이 나서 등이 흠뻑 젖었다. 목도 바싹 타들어 갔지만 쉴 수는 없다.

다시 숲으로 돌아갔다. 아까 그 자리에 자전거를 세워 두고 집까지 달렸다.

"에이타 있니?"

소리를 질렀지만 대답이 없었다. 집에는 아무도 없는 모양이었다. 후미오도 에이타를 찾으러 나갔는지 모른다.

다시 자전거에 훌쩍 올라타서 숲 주변 길을 달렸다. 조금 가다 보니 숲 북쪽 길 맞은편에 작은 공원이 있었다. 그네와 낡은 시소, 작은 벤치가 두 개. 무성하게 자라난 나무 가운데에 수돗가가 있었다. 여기가 물을 뜨러 온다는 공원인가? 인기척은 없었다.

공원 안으로 들어가 수도꼭지에 얼굴을 들이대고 물을 마셨다. 바싹 마른 목구멍으로 물이 흘러들었다. 그러고 나서 손에 물을 받아 얼굴을 씻었다.

어디로 간 걸까? 어디를 찾아보면 좋을까?

하늘을 노려보고는 한숨을 내쉬었다. 그때 뭔가 움직이는 기척이 났다. 그리고…….

"가즈! 가즈! 여기 있었어? 겨우 찾았다!"

에이타가 싱글벙글 웃으며 달려오더니 나를 끌어안았다.

"바보야! 한참 찾았잖아!"

나도 모르게 큰소리를 냈다. 에이타는 몸을 부르르 떨더니 겁먹은 표정을 지었다. 그러더니 이내 울상이 되었다.

"걱정했잖아. 어딘지 모르겠으면 처음부터 말하란 말이야."

"나도 걱정했어. 그렇지만 만났으니까 됐어."

뭐가 만났으니까 됐어냐, 하나도 안 됐어! 그러거나 말거나 에이타는 주눅 든 기색도 없이 수도꼭지에 입을 대고 물을 마셨다. 그러고는 손에 물을 받더니, 갑자기 나한테 물을 끼얹었다.

"앗, 뭐야!"

폴로셔츠가 흠뻑 젖어 버렸다. 에이타가 깔깔 웃었다. 걱정이나 시키더니 이건 또 무슨 짓이야? 너무 화가 나서 주먹 휘두르는 시늉을 했지만, 에이타는 또다시 손에 물을 담아 나를 노렸다. 장난기가 가득한 얼굴이었다. 나도 물로 공격했다. 에이타의 웃음소리가 공원에 울려 퍼졌다.

뭐, 됐어. 찾았으니까. 불현듯 그런 생각이 들었다. 화가 누그러들었다. 다행이야, 정말 다행이야. 나는 뒤에서 에이타 양쪽 겨드랑이에 팔을 끼워 안고서 귓가에 대고 속삭였다.

"바보."

에이타가 간지러운 듯이 웃었다.

"맞아, 난 바보야."

"돌아가자. 후미오가 걱정해."

나는 에이타를 자전거에 태우고 끌면서 숲 속 폐가로 돌아갔다.

집 앞에 후미오가 화난 얼굴로 서 있었다.

"에이타, 어디 갔었어? 숲에서 나가지 말라고 했지? 툭하면 길 잃어버리니까."

"괜찮아. 가즈랑 같이 있었어."

"거짓말!"

"괜찮아."

"뭐가 괜찮아? 헤매고 다니다가 또 일사병 걸리면 어쩌려고?"

또라니, 전에도 그런 일이 있었단 건가? 그래도 에이타는 싱글거리면서 내 팔을 꼭 잡는다. 가슴을 펴고 같은 말을 되풀이한다.

"괜찮다니까. 가즈랑 같이 있었어."

마치 진짜로 그렇게 믿는 듯이……

후미오가 여전히 화난 얼굴로 나한테 말했다.

"네가 찾아 줬구나. 고마워."

그날, 처음으로 노사를 만났다.

이 폐가에 산다기에 보나 마나 변변찮은 사람일 거라고 생각했다. 분명히 칠칠치 못하고 지저분한 사람일 거라고. 유카가 왜 친근하게, 마치 존경스럽다는 듯 말하는지 영문을 몰랐다.

폐가 안으로 들어가자 그 사람이 조금 무서운 얼굴로 에이타를 맞았다. 에이타는 그 모습을 보자마자 움찔하며 겁먹은 표정을 지었다.

"죄송해요."

에이타가 머리를 감싸며 말했다. 맞을까 봐 두려운 듯이……. 하지만 그 사람은 곧바로 표정을 누그러뜨렸다.

"무사해서 다행이야."

그러고는 머리를 쓰다듬듯이 가볍게 토닥였다. 에이타는 금방 웃는 얼굴이 됐다.

"어이구, 걱정이나 시키고."

후미오는 손가락으로 코 밑을 문질렀다.

노사가 나를 돌아보았다.

"여, 네가 가즈키구나."

"안녕하세요."

기어들어 가는 목소리로 인사하면서 눈을 들어 올려다보았다. 무늬 없는 흰색 티셔츠에 청바지를 입었다. 평범한 차림새였다. 머리는 뒤로 묶었다. 얼굴이 길쭉한 남자였다. 노사라고 부르기에 할아버지일 거라고 생각했는데 아니었다. 마흔 살인 우리 아빠보다 젊어 보였다. 햇볕에 잘 그을린 얼굴에는 수염이 다보록하게 나 있다. 키도 별로 크지 않고 살지지도 않았지만, 다부져 보이는 사람이었다.

"에이타를 찾아 줘서 고맙구나. 후미오랑 나도 여기저기 찾으러 다녔거든."

나랑 눈이 마주치자 그렇게 말하며 웃었다. 웃으니까 눈꼬리에 주름이 깊게 팼다. 느낌이 무척 좋은 얼굴이었다. 왠지 맥이 빠졌다. 보통 사람이잖아!

"기리모토 가즈키예요. 처음 뵙겠습니다. '오동나무 동(桐)' 자에 '뿌리 본(本)', '평화' 할 때 '화' 자에 '희망' 할 때 '희' 자를 써요."

말을 하면서도 나한테는 무척 안 어울리는 이름이라 생각했다.

"좋은 이름이구나. 나는 후지카와 다쿠야라고 해. '등나무 등(藤)' 자에 '내 천(川)' 자, '식탁' 할 때 '탁(卓)' 자에 '어조사 야(也)' 자를 써. 잘 부탁해."

후지카와 아저씨, 그러니까 노사와 인사를 나누고 나니 후미오도 나를 받아들인 듯했다. 후미오한테서 콕콕 찌르듯 뾰족한 느낌이 조금 가셨다.

노사는 에이타한테 종이 한 다발을 주면서 그저께 익힌 나무 이름을 떠올리며 그림을 그려 보라고 했다. 신문 같은 데 끼워 주는 광고지를 묶어 하얀 뒷면에 쓸 수 있게 만든 것이었다.

"새 공책이다!"

"그래, 아까 유카가 뒷면이 흰 광고지를 갖다 줬어. 그럼 가즈키, 난 이만 나가 봐야 되겠구나. 괜찮으면 또 놀러 와. 여긴 잠겨 있지도 않고, 에이타도 좋아할 테니."

노사는 에이타 머리를 토닥거리고는 나갔다.

후미오는 책을 읽었다. 에이타는 그림을 그렸다. 나는 할 일이 없어서 꺼끌꺼끌한 바닥에 앉아 한동안 집 안을 둘러보았다. 그리고 노사에 대해 생각했다.

에이타한테 과제를 척척 내 주는 모습이, 마치 학교 선생님 같았다. 그래서 노사인 걸까? 억지로 밀어붙이는 것 같지 않고 느낌이 좋았다. 에이타와 유카가 왜 노사를 따르는지 조금은 알 것 같았다. 그래도 이런 데 살다니, 역시 평범한 사람은 아니다. 일은 안 하는 건가? 그렇겠지? 일을 하면 대낮에 이런 데 있을 리 없지.

후미오를 흘끔 본다. 열심히 책을 읽고 있다. 가출 소년이라는 후미오. 왜 여기 있는지, 어째서 노사와 함께 지내는지 모르겠다. 하지만 묻지 못했다. 나는 벌떡 일어나서 집 안을 어슬렁거렸다. 아무도 나를 나무라지 않았다.

옆방을 보았다. 이 작은 폐가에는 방이 두 개 있다. 언제나 애들이 모이는 현관 쪽 방은 다다미 여섯 장, 안쪽 방은 네 장 반(일본에서는 방 넓이를 다다미 장수로 잰다. 다다미 한 장은 크기가 90×180cm 정도다.)짜리다. 안쪽 방도 텅 비어 있다. 그 탓에 다다미 여섯 장쯤 되는 내 방보다 훨씬 넓어 보였다. 다다미는 큰 방 것보다 더 낡아서 너덜너덜했다. 구석에 카키색 보스턴백과 종이 봉투 두 개가 놓여 있었다. 그것 말고는 아무것도 없었다. 방 안에는 벽장이 있었다. 반쯤 열린 문틈으로 엿보았다. 텅텅 비었다. 자세히 보니 벽장 아래 칸 구석에 종이 상자 두 개가 접힌 채로 세워져 있을 뿐이다. 정말로 이 집에는 아무것도 없다.

방 두 개 말고는 부엌과 화장실이 있었다. 하지만 화장실 문은 열리지 않았다. 문이 열리지 않게 못으로 박아 놓았다. 그러면 어떻게 용변을 보는 걸까 궁금했는데, 후미오가 밖에 나가 오줌 누는 걸 보고 그제야 알았다. 그걸 보고 나는 이상하게도 감동을 받았다. 왜 그런지는 몰라도 멋지다고 생각했다.

이사하고 나서 처음 맞는 토요일이었다. 오늘은 아빠도 나가지 않고 마당 손질을 시작했다.

"나무라도 심으면 좋겠네. 가즈키, 뭐가 좋겠니?"

"글쎄, 느티나무 어때?"

지난번 에이타와 조사할 때 찾아낸 나무다.

"어머, 느티나무는 가지가 너무 퍼져서 안 돼."

엄마가 반대했다. 난 그게 좋은데.

오후가 되어 나가겠다고 하자 아빠가 물었다. 지나가듯이, 아무렇지도 않게……

"가즈키, 너 날마다 나간다며? 어딜 가니?"

한순간 등줄기가 뻣뻣해졌다. 아빠는 태평한 척했다. 하지만 사실은 엄마한테 들은 거다. 내가 어딜 가는지 제대로 말하지도 않고 날마다 나간다고. 아빠는 언제나 태평한 척한다. "가즈네 아빠는 다정해서 좋겠다."라고 도시나리가 말했다. 언제였더라? 그때는 나도 그렇게 생각했다. 하지만 아빠가 겉으로 보이는 것처럼 태평한 사람이 아니라는 걸 지금은 안다. 부모님 기대를 저버리고 배앓이만 계속하고 있을 때, 내가 없는 방에서 아빠가 말했다.

"가즈키는 괜찮아? 마나미 말처럼 의외로 소심한 녀석이야. 너무 걱정하는 티 내지 마."

문밖에서 들어 버린 아빠 본심.

가만히 숨을 내뱉는다. 그러고는 여느 때보다 밝은 목소리로 대답한다.

"여기저기 달렸어. 어제는 도서관을 발견했는데, 새로 지어서 깨끗하더라고."

거짓말이 아니다. 그렇다고 전부 말한 것도 아니지만……. 숲 이야기는 아빠 엄마한테 하고 싶지 않다. 노사 이야기도 하고 싶지 않다. 그 사람 이야기를 하면 두 분은 어떻게 생각할까? 분명히 숲에 가지 못하게 할 거다. "가지 마!"가 아니라 "가지 않는 게 좋겠어." 하는 식으로……. 정하는 건 나다. 하지만 나는 결국 부모님 말대로 따른다.

"그래, 도서관이라…… 그거 잘됐구나."

어른들은 도서관이란 말에 약한 모양이다. 아빠 얼굴에 안심하는 빛이 퍼졌다.

"자습하는 곳이 있어. 그러니까 도서관에서 공부하고 올게."

나는 배낭에 넣어 둔 산수 문제집을 꺼내 슬쩍 보여 주고 거실을 나왔다.

"공부 열심히 하고 와."

아빠 목소리가 뒤에서 들려왔다.

당연히 도서관에는 가지 않았다. 자전거를 타고 곧장 숲으로 갔다. 오늘은 숲 입구에 에이타가 없었다. 하지만 괜찮다. 후미오도 이제는 나더러 돌아가라고 하지 않을 테니까. 자전거를 끌면서 폐가로 갔다.

처음에는 그렇게나 더러워서 싫다고 생각했는데, 몇 번 와 봤다고 익숙해진 건지 이제는 아무렇지도 않다. 뿐만 아니라 유카가 "마음이 놓인다."라고 한 기분을 조금 알 듯도 했다. 아무래도 숲 속이라 초록빛에 둘러싸여 있다 보니, 마음이 느긋해져서 이런저런 생각을 하지 않아도 된다. 도시나리 일이나 중학교 입시 같은 건 잠시 잊을 수 있다.

멋대로 집에 들어섰다. 마룻바닥은 여전히 깔끄럽다. 하지만 아무렇지도 않다. 현관에서 가까운 방으로 들어갔다.

그런데 에이타가 없다.

후미오는 책을 읽고 있었다. 방구석에는 유카가 지난번과 같은 자세로 앉아 천장을 쳐다보고 있었다.

"에이타는?"

둘 다 아무 말이 없었다.

"나 좀 봐. 에이타는 어딨어?"

다시 묻는데 현관에서 문 열리는 소리가 났다. 서둘러 현관으로 나갔다.

"에이타! 너 어디……."

나는 고꾸라지듯 현관 앞에 멈춰 섰다. 에이타가 아니었다.

"여, 가즈키!"

노사가 묘하게 밝은 목소리로 말했다.

"노…… 후지카와 아저씨. 저, 에이타는요?"

"오늘은 안 와."

"안 오다니……."

"아버지가 와 계신 모양이야."

"와 계시다뇨?"

"평소에는 혼자서 다른 데 일하러 가 계시나 봐."

그러면 에이타는 아버지와 놀러 나갔을지도 모른다. 기뻐하는 얼굴이 눈에 보이는 듯했다.

그러고 보니 에이타가 어제는 "내일 봐!"라고 말하지 않았던 것 같다.

"모레쯤 되면 다시 올 거야."

노사는 마루에 올라서더니 내 등을 떠밀듯이 하면서 방으로 들어갔다. 노사한테서 땀내가 풍겼다. 어제 씻지 않았는지도 모른다. 하지만 씻으려 해도……. 대중목욕탕에 가는 걸까? 후미오도?

노사가 방에 들어서자 유카가 고개를 번쩍 들었다. 표정이 밝아진다. 구름 사이로 태양이 불쑥 고개를 내민 것 같았다. 노사를 정말로 좋아하나 보다. 하지만 난 아직 잘 모르겠다. 나쁜 사람은 아니라고 생각하지만…….

노사는 방 한가운데에 털썩 앉더니 구깃구깃한 비닐봉지에서 주먹밥과 빵을 꺼냈다.

"가즈키 몫을 안 챙겼네."

"아, 전 점심 먹고 왔어요."

내가 당황해서 말했다.

"어차피 얘는 이런 거 안 먹을걸요."

"그렇게 말할 건 없잖아."

유카가 중얼거리며 크림빵을 집었다.

"너도 마찬가지잖아."

후미오가 유카에게 독설을 퍼부었지만, 유카도 당하고 있지만은 않았다.

"뭐니? 먹어도 상관없잖아. 내 몫까지 있으니까. 그리고 누나한테 너가 뭐니, 6학년 후미오! 물론 나나 너나 학교에 갔을 때 얘기이긴 하지만."

유카는 흐흥 하고 코웃음을 쳤다. 후미오는 유카를 쓱 째려보고 주먹밥을 덥석 물었다.

아, 후미오는 나랑 동갑이구나. 학교에 안 다니는 건 가출한 탓이겠지? 그런데 이런 건 안 먹을 거라니, 무슨 말이지? 나도 편의점 주먹밥 정도는 먹는다. 엄마는 편의점을 별로 안 좋아하지만.

"나도 편의점에서 물건 사."

그러자 쩝쩝거리며 주먹밥을 먹던 후미오가 나를 보며 뭐라고 말했다. 소리가 나지는 않았지만 입 모양이 '바보' 하고 움직였다. 그걸 보고 노사가 웃으며 입을 열었다.

"이 빵이랑 주먹밥, 유통 기한이 좀 지난 거야. 그런 걸 편의점에서 얻어 온 거지."

"아……."

그렇구나 하고 생각했지만 말이 나오지 않았다. 유통 기한이 지난 음식을 얻어 온다니…….

"이 녀석 부잣집 도련님인가 보네. 우린 완전 개털이야."

후미오가 또 얄미운 소리를 한다. 노사는 웃으면서 후미오를 달래듯이 등을 토닥거리더니 이상한 말을 꺼냈다.

"후미오가 먹는 주먹밥에는 연어가 들어 있어. 연어는 알지?"

"생선이잖아요. 그쯤은 알아요."

"그럼 어디 사는 생선이니? 바다? 강? 아니면 호수?"

"강이오. 이시카리 전골(연어를 주재료로 한 홋카이도 향토 요리)에 연어가 들어가잖아요. 이시카리 강(홋카이도 중서부를 지나 동해로 흘러드는 강)이 있으니까 연어는 강에서 잡혀요."

유카가 말했다. 노사는 싱글거리며 듣기만 했다.

"가즈키는 아니?"

나는 고개를 갸우뚱했다.

"어디서 본 적 없니?"

그때 번뜩 떠올랐다.

"연어는 강을 거슬러 오르죠? 바다에서 자라 태어난 강으로 돌아와요!"

"정답이야. 바다에서 3년이나 5년쯤 지낸 다음 태어난 강으로 돌아와."

노사가 빙긋 웃었다. 대답을 잘했을 때 선생님이 지을 법한 표정이었다.

"거짓말. 바다에 있던 연어가 어떻게 태어난 강으로 돌아와. 강이 얼마나 많은데."

후미오가 불퉁거렸다.

"거기에는 여러 가지 설이 있대. 하지만 과학적으로 입증되지는 않았어. 연안까지 돌아온 연어가 태어난 강을 찾아낼 때는 후각이 중요한 역할을 한다고 생각들 하는 모양이야. 즉, 냄새지."

"태어난 데가 그렇게 좋은가?"

"연어한테는 그게 생명을 이어 가는 일이니까. 자손을 남기려는 거지."

"기껏 넓은 바다까지 갔는데, 태어난 곳 따위 돌아오지 않아도 될걸."

후미오가 불쑥 내뱉는다. 후미오가 태어난 데는 어떤 곳일까? 여기서 멀까? 왜 집을 나왔을까? 좀 신경 쓰인다. 처음에는 이딴 녀석 관심도 없었는데…….

"후미오처럼 생각할 수도 있어. 그래도 태어난 곳을 그리워하는 마음, 난 알 것 같아."

노사는 그렇게 말하더니 눈을 가늘게 뜨고 웃었다.

"노사는 태어난 곳에 돌아가고 싶어요?"

유카가 물었다.

"돌아가고 싶지만, 돌아갈 수 없어."

"먼 데예요?"

이번에는 내가 물었다.

"그렇지도 않아. 여기보다 북쪽에 있는 바닷가 마을이야. 돌아가지 않은 지 오래됐어."

"나도 바다에 가 보고 싶다."

후미오가 중얼거렸다.

"여기는 바다가 없어."

유카가 받아쳤다.

"내가 태어난 데는 관광지가 아니고, 그냥 조용한 동네야. 바다는 아름답지만."

노사와 아이들은 소박한 점심을 다 먹었다. 그러고 나서 후미오는 다시 책을 읽었다. 유카는 광고지 뒷면에 뭔가를 그렸다. 나는 배낭에서 학원 문제집을 꺼내 공부했다. 학원 다니는 애들은 이런 것쯤 진작 끝냈을 거라 생각하면 조금 초조해지기도 했다.

내가 풀던 문제집을 노사가 들여다보았다.

"어려운 걸 하는구나."

"어려워요? 이거 학원 문제집인데요."

"어렵다니까. 넌 다 아니?"

"아니요. 잘 모르겠어요."

"그럼 어려운 거 맞잖아?"

노사가 웃었다.

"제 머리가 별로 안 좋아서 못 푸는 거예요."

료이치가 학원에 다닐 때는 녀석한테 지고 싶지 않았다. 그런데 료이치가 그만뒀다. 그 뒤로 성적이 조금씩 떨어졌다. 하지만 료이치 탓이 아닐지도 모른다. 문득 왜 이딴 공부를 하고 있나 싶을 때가 있다. 그러면 한참 동안 멍해졌다. 학원에서도 집에서도. 그런 일이 점점 늘어 갔다.

"그렇지 않아."

"위로하지 않으셔도 돼요. 사실이니까."

"어디를 모르겠니?"

노사가 산수 문제집을 보면서 오각형의 면적 구하는 법을 설명해 주었다.

굉장히 알아듣기 쉬웠다. 뭐야, 그런 거였어? 또 다른 문제를 물어보았다. 노사가 힌트를 좀 주었다. 그런 다음에 내가 생각하는 걸 잠자코 지켜보았다. 내가 답을 구해 내면 기쁜 듯이 "잘하잖아!" 하고 말했다. 그런 점이 학원 선생님과 달랐다. 학원에서는 잘하는 걸 당연하게 여긴다.

어느 틈엔가 노사가 다 쓰러져 가는 폐가에 살면서 제대로 일하지 않는 사람이라는 사실을 까맣게 잊었다.

"왜 수학 같은 걸 해야 하는 걸까."

유카가 중얼거렸다. 그래, 중학생은 산수가 아니라 수학이라고 하는 거다.

"그래도 수학은 깊이가 있고 재미있어."

"노사는 뭐든지 깊이가 있다면서 맨날 날 속여요."

"그럼 안 오면 되잖아?"

이번에는 후미오가 끼어들었다.

"그렇지만 속고 싶은걸."

나는 깜짝 놀라 유카를 바라보았다. 보통은 속기 싫어하는 법인데, 속고 싶다니 어떻게 된 일이지?

유카는 사람을 바보 취급하듯이 웃더니, 그림 그리던 종이로 비행기를 접어 천장을 향해 날렸다. 종이비행기는 거의 날지 못하고 내 옆에 떨어졌다. 파란 색연필로 그린 그림이 보였다. 뭘 그렸나 싶어서 펼쳐 보았다.

나였다. 고개를 숙이고 산수 문제집을 푸는 내 모습이었다. 아주 잘 그린 그림이었다.

"엄청 잘 그렸네!"

나도 모르게 중얼거렸다. 그런데 유카는 매서운 눈으로 나를 보며 말했다.

"완전 망쳤어."

그러고는 내 손에서 종이를 낚아채더니 구깃구깃 구겨서 뭉쳐 버렸다.

"차이라는 게 무슨 뜻이죠?"

책을 읽던 후미오가 물었다. 태도는 거만한 주제에 그런 말도 모르나 싶어 웃음을 터트리려는데, 노사가 그런 날 보며 한순간 엄한 표정을 지었다.

"아는 건 대단한 게 아니야. 알고 싶어도 배울 기회가 없었던 거니까. 모르는 건 찾아보면 돼. 스스로 찾아봐, 후미오."

노사는 낡아서 표지가 떨어지려 하는 국어사전을 건넸다. 어쩐지 기가 죽었다. 고개를 수그리고 입술을 깨물었다. 배울 기회가 없었다니, 학교에 다니지 않아서일까?

나한테는 학교 가는 게 당연한 일이다. 학원도 다닌다. '차이'란 말을 아는 건 단지 기회가 있었기 때문이다. 하지만 학원에서는 아는 놈이 대단하다. 잘하는 놈이 존경받는다. 그건 어쩌면 이상한 일인지도 모른다.

누군가 이런 식으로 말해 줬으면 좋았을 텐데…….

열심히 책 읽는 후미오를 흘끗 보았다. 재수 없는 녀석이라고 생각했는데……. 어떻게 살아온 걸까? 나랑 동갑인데 가출 같은, 나는 상상도 할 수 없는 일을 하고 있다.

저녁 무렵, 유카와 함께 폐가를 나섰다.

"가즈키, 내일도 올 거니?"

"응."

물론 그럴 작정이었다. 엄마 얼굴이 설핏 떠올랐다. 도서관에서 공부한다고 말해야지.

"흐응, 너 에이타가 없어도 오는구나."

"오면 어때서."

그런데 나는 왜 오고 싶어 하는 걸까? 모르겠다. 다 쓰러져 가는 폐가라서 처음에는 들어가기도 꺼려졌는데……. 하지만 지루하던 산수 문제도 노사한테 설명을 들으면서 풀어 보니 재미있었다. 게다가 왜인지는 모르겠지만, 여기 있으면 내 자신이 아주 조금 착해지는 것 같다.

"어떻다고는 안 했잖아. 오는 놈 안 막는다라던가? 그게 노사의 장점이니까."

"왜 노사라고 불러?"

"옛날 별명이랬어. 어쩐지 그런 느낌 들지 않아?"

유카는 그렇게 말하지만, 난 역시 노사라는 말을 들으면 만화 영화에 나오는 무술의 달인이 떠오른다. 흰 수염을 기른 신선 같은 모습 말이다.

"그 사람, 선생님처럼 잘 가르쳐. 아는 것도 많고."

"그렇지? 너도 조금은 알게 됐나 보네. 노사는 뭐든지 알아."

"뭐든지?"

"음, 그건 아니야."

유카는 말을 한 번 끊었다.

"이것저것 굉장히 많이 알아. 전에 그랬어. 뭐든지 아는 사람은 없다고. 자기가 모른다는 걸 아는 것도 중요한 일이래. 이해돼?"

"알 것 같아."

나는 고개를 끄덕였다. 유카도 입꼬리를 살짝 당기며 고개를 끄덕였다. 얼굴에 설핏 웃음기가 어린다. 고개를 살짝 갸웃한다. 자연스러운 몸짓이 조금 귀엽다. 심장이 덜컹 소리를 냈다.

"나도 후미오처럼 저기 살고 싶어."

농담하나 싶었는데, 농담처럼 들리지 않았다. 나로서는 생각도 할 수 없는 일이다. 아무리 노사가 사람 좋아 보여도. 유카한테도 남들처럼 집이 있을 텐데……. 집이 싫은 이유라도 있는 걸까? 하지만 묻지 못했다. 유카는 처음 만난 날처럼 고무줄을 끌러 머리를 풀더니 한숨을 푹 쉬었다. 표정이 대번에 어두워진다. 구름이 해를 가려 주위가 갑자기 어두워질 때 같다. 그 방에 있을 때 유카는 말투가 좀 삐딱하긴 해도 시원시원하게 굴었다. 결코 어두운 아이는 아니었다. 그런데 지금은 딴사람처럼 어둡다.

"잘 가."

등 뒤로 손을 흔들어 보이고는 어깨를 축 늘어뜨린 채 걸어간다. 그 모습을 보면서 나는 자전거 잠금 장치를 끌렀다.

"도서관 어땠어?"

엄마가 물었다.

"응, 공부 잘됐어."

"다행이구나."

엄마가 웃음을 짓는다. 입으로는 그렇게 말하지만, 내 말을 믿지 않는다는 걸 안다. 여름방학 들어서 계속 공부를 게을리했으니 무리도 아니다. 하지만 공부를 한 건 정말이다. 노사한테 배워 가며

푼 문제집을 펼쳐 보였다.

"이 도형 문제 하나도 모르겠더니, 도서관에서 창밖에 있는 나무를 보다 번뜩 풀 방법이 떠올랐어. 지금까지 몰랐던 걸 갑자기 알게 되는 일도 있더라고."

거짓말이 술술 나왔다. 뭐, 어쩔 수 없잖은가. 노사한테 배웠다고는 할 수 없으니까. "그 사람이 누구야?" 하고 물으면 뭐라고 대답하냐고. 게다가 지금보다 더 부모님을 걱정시키고 싶지는 않다.

"그거 잘됐구나."

엄마는 놀란 마음을 잘 감추며 별일 아니라는 투로 말했다. 하지만 기뻐하는 게 보인다. 부모가 "공부 안 해도 돼."라고 말하는 건 절대로 본심이 아니니까.

6

에이타가 폐가에 다시 나타난 건 월요일이었다.

에이타 없이도 폐가에서 지내는 게 즐거웠다. 그래도 역시 에이타가 순진한 웃음으로 맞아 주면 굉장히 기쁘다.

나는 다시 에이타와 숲길을 걸었다. 노사가 에이타한테 낸 숙제는 숲 속에서 나는 소리를 귀 기울여 듣는 것이었다.

에이타가 들떠서 꺅꺅대기에 내가 검지를 입술에 갖다 대고 속삭였다.

"조용히 해. 소리가 안 들리잖아."

그러자 에이타도 속삭였다.

"맞아, 안 들려."

하지만 그렇게 속삭이는 것 자체가 우습다는 듯이 다시 꺅꺅거리며 웃음을 터트렸다. 왜 그런지 계속 웃기만 했다. 문득 정신을 차리고 보니 '나 지금 뭐 하는 거지?' 하는 생각이 들었다. 이런 꼬맹이랑 같이…….

폐가로 돌아가 보니 마침 노사도 막 돌아온 참이었다. 노사는 후 줄근한 비닐봉지에서 빵과 주먹밥을 꺼냈다. 오늘은 나한테도 주 먹밥을 하나 주었다. 생전 처음으로 유통 기한이 지난 음식을 먹어 봤다. 그래도 아주 멀쩡했다.

"빵이 처음 일본에 전해진 게 언제일 거 같니?"

노사의 말에 우린 모두 생각에 잠겼다.

"에도 시대(1603~1867년)에는 쇄국 정책을 폈죠? 그러니까 그 뒤 아닐까요? 메이지 시대(1868~1912년)요."

내가 대답했다. 그런데 유카가 냉큼 다른 의견을 내놓는다.

"하지만 빵은 포르투갈어지? 영어로는 브레드(bread)고. 그러면 훨씬 전일지도 몰라. 총이랑 기독교도 포르투갈 사람이 일본에 전 파하지 않았어요?"

"그래. 맨 처음 들어온 건 아즈치 모모야마 시대(1573~1603년), 그러니까 에도 시대 전이야. 그때 포르투갈 사람이 전해 주었는데, 처음에는 전혀 정착되지 않았던 모양이야. 일본에서 처음으로 빵 을 구운 건 에도 시대 말인데, 관청의 관리를 지낸 사람이 구웠다 는구나. 빵이 널리 퍼진 건 메이지 시대보다 나중 일이야. 단팥 빵 이 발명되고 나서지. 빵보다는 카스텔라가 더 오래됐어. 옛날 유럽 에는 카스텔라라는 나라가 있었단다."

"거짓말! 그럼 케이크라는 나라도 있어요?"

에이타가 물었다.

"동화 나라에는 있을지도 모르지."

노사가 웃으며 대답했다.

"그거 이베리아 반도, 그러니까 지금 에스파냐 자리에 있던 나라 맞죠?"

"가즈키는 잘 아는구나. 네 말대로야. 결국 에스파냐 왕국에 통합되어 유럽 강국이 되었지. 카스텔라는 그 나라, 카스티야에서 비롯되었어. 그러니까 나라가 먼저야."

그날, 나는 사회와 국어 문제집을 갖고 왔다. 노사는 사회 문제집을 팔랑팔랑 넘기면서 말했다.

"옛날 사람들은 대단해."

"왜요?"

"요즘처럼 편리한 물건이 없었잖아. 우리는 어느 틈엔가 편리한 물건에 기대 불 피우는 일조차 스스로 하지 못하게 됐지. 만약 대규모 정전이라도 일어나면 도시 기능이 전부 마비될 거야. 과연 그래도 괜찮을까 하는 생각이 들어."

"그래서 노사는 여기 사는 거죠?"

에이타가 싱글싱글 웃으며 말하자, 후미오가 에이타 머리를 콩 쥐어박았다.

"바보."

"후미오, 때리면 못써. 에이타, 틀렸어. 내가 여기 있는 건 돈이 없어서야. 집을 빌릴 돈이 없어."

노사는 즐거운 듯이 웃었다. 그러니까 멀쩡한 집에서는 살 수 없다는 건데, 돈이 없다는 걸 이렇게 웃으며 말하다니 역시 노사는 별난 사람이다. 솔직히 누가 됐든지 이런 집에는 살고 싶지 않을 거다.

"좋은 나라 만들자 가마쿠라 막부(이이쿠니 츠쿠로우 가마쿠라 바쿠후. 가마쿠라 막부는 미나모토노 요리토모 장군이 가마쿠라에 세운 일본 최초의 무인 집권 정부이다. '좋은 나라'의 일본어 발음인 '이이쿠니(いいくに)'가 설립 연도로 알려진 1192의 발음 '이치이치쿠니(いちいちくに)'와 비슷한 것을 이용해 연도를 외우는 말장난이다.)라. 이 말장난은 옛날부터 있었지. 나 어릴 때도 이렇게 해서 연도를 외웠어."

그러자 유카가 끼어들었다.

"울어라 휘파람새 헤이안쿄(나쿠요 우구이스 헤이안쿄. 일본의 50대 천황인 간무 천황은 794년에 헤이안쿄(지금의 교토)를 수도로 지정했다. 794의 일본어 발음인 '나나큐욘(ななきゅうよん)'이 '울어라'의 발음인 '나쿠요(なくよ)'와 비슷한 것을 이용해 연도를 외우는 말장난이다.)라든지요?"

"그런데요, 교과서 같은 데 몇 년도에 이런 일이 있었다고 쓰여 있잖아요. 구카이 대사(일본 불교 진언종을 창시한 승려)가 821년에 만노이케(일본에서 가장 큰 농업용 저수지)를 다시 만들었다든가 하는 거. 그런데 그게 진짜인지 어떻게 알아요? 지금은 그때 살았던 사람들이 아무도 살아 있지 않잖아요."

"그래. 그런데 가즈키, 누군가 일기에 그렇게 썼다면 어떨까?"

"거짓말을 썼을 수도 있죠."

노사가 다시 웃었다.

"가즈키, 넌 일기에 거짓말을 쓰니?"

가슴이 덜컹했다. 일기를 날마다 꼬박꼬박 쓰지는 않는다. 하지만 여름방학 일기 같은 데다 종종 거짓말을 쓴다. 그리고 거짓말을 쓰는 것 이상으로 사실도 쓰지 않는다. 그러니까 이 숲 속 폐가나 에이타나 노사 이야기는 내 일기에 한 줄도 나오지 않는다. 물론 도시나리나 료이치 이야기도 사실대로 쓴 적이 없다.

대체 뭐라고 쓴단 말인가? 애들 일기쯤이야, 부모가 몰래 볼 수도 있다. 거기에 노사 얘기를 쓸 수는 없다. 혹시 엄마가 보기라도 하면, 안 본 척 능청을 떨며 이것저것 캐물을 것이다. 나 몰래 여기에 와 볼지도 모른다. 그리고 나한테는 한마디 상의 없이 노사한테 말할 거다. 나를 여기 오지 못하게 해 달라고. 나는 좋지 않은 상상을 이어 가다가 입을 다물어 버렸다.

"뭐, 거짓말을 써도 괜찮겠지. 거짓말이라고 해서 다 나쁜 건 아니니까."

정신을 차리고 노사를 바라본다. 아이한테 거짓말해도 괜찮다고 말하는 어른은 처음 봤다. 노사는 상냥한 듯 엄한 듯 알 수 없는 표정으로 나를 쳐다보았다.

"그런데 말이야, 가즈키. 에이(A)라는 사람이 몇 년 몇 월 며칠에 어디 어디서 불이 났다고 일기에 썼다고 치자. 그것만 봐서는 어쩌면 거짓말일지도 몰라. 그런데 에이를 모르는 다른 사람도 같은 날 같은 곳에서 불이 난 걸 봤다고 썼다면 어떨까?"

"아!"

나도 모르게 탄성이 새어 나왔다.

"화재가 사실일 가능성이 높다는 거죠."

유카가 말했다.

"그래, 그렇게 해서 역사는 사실을 쌓아 온 거야. 물론 죄다 옳다고 할 수는 없어. 신화 같은 걸 역사인 양 천연덕스럽게 가르친 적도 있고, 많은 사람이 있었다고 하는 일을 인정하지 않으려는 사람도 있어."

노사 말은 조금 어려웠다. 지금도 천동설을 믿는 사람이 있다는 얘기를 듣고 놀란 적이 있는데, 그것과 비슷한 얘기 같기도 했다. 노사가 다시 입을 열었다.

"그리고 이런 생각도 들어. 우리가 역사라고 배우는 건, 일본 역사든 세계 역사든 대단한 양반들 이야기가 중심이잖니."

"어째서요?"

"서민은 글자를 읽고 쓸 줄 몰라서, 자기네 이야기를 남길 방법이 없었거든."

"그럼 나는 내 역사를 쓰기 위해 글자를 배우는 거네요."

에이타가 말했다. 에이타는 그날 공책에 한자를 빼곡히 썼다. 하지만 그건 '요리(料理)'나 '신문(新聞)'처럼 초등학교 2학년 정도면 다 아는 쉬운 한자였다.

"그래, 누구나 역사 속에서 살고 있어. 문자를 알면 자기 역사를 기록할 수 있어. 게다가 글자를 알기 때문에 중요한 일을 남에게 전할 수 있지."

"나, 글자 더 많이 쓸래요."

에이타가 말했다.

신기했다. 유카가 마음이 놓인다고 했던 말이 와 닿았다. 이렇게 아무것도 없고 다 쓰러져 가는 지저분한 집이 편안하다니.

나는 지금 여기에 있다.

갑자기 모두 입을 다물었다. 그 순간 매미 울음소리가 들려왔다. 참매미, 털매미…….

"노사, 소리가 두 개 들려요."

에이타가 말했다.

"아니야, 에이타. 네 종류가 울고 있어."

내가 웃으며 말하자 유카가 눈을 동그랗게 떴다.

"어? 나한텐 세 종류밖에 안 들리는데."

"맴맴 하고 우는 건 참매미, 지글지글 하고 크게 우는 건 유지매미, 그리고 지이지이 하는 소리도 들리지? 나머지 하나는 작긴 하지만 칫칫 하고 우는 소리가 들리니까 잘 들어 봐."

"진짜다."

후미오가 책에서 눈을 들고 말했다.

"좀매미란다. 가즈키는 귀가 좋구나. 혹시 음악 잘하니?"

노사가 웃었다.

"못해요. 저 같은 건…… 하나도 못해요."

묘하게 힘주어 말해 버렸다. 노사가 이맛살을 살짝 찌푸리더니 방구석에 있던 봉투에서 뭔가를 꺼내 왔다.

"이게 뭔지 아니?"

도기로 된 걸 내민다. 커다란 손 안에 쏙 들어가는 그것은 끝이 뾰족하고 큼직한 구멍이 여덟 개에 작은 구멍이 두 개 뚫려 있다. 불룩하게 나온 곳에는 돌기가 있다.

"오카리나잖아요."

"그래, 잘 아는구나. 도기…… 세토(일본 아이치 현에 있는 도자기 공업 도시) 도기야. 이건 옛날에 내가 직접 구워서 만들었어."

노사는 돌기를 입에 물고 숨을 불어넣었다. 피싯 하고 맥없는 소리가 났다. 그러고는 천천히 〈고추잠자리(일본의 유명 동요)〉를 불렀다. 음이 고르지 않고 흔들렸다. 그런데도 에이타는 그 음에 맞춰 노래를 불렀다.

"등에 업혀 본 것이 언제였던가."

유카와 후미오의 표정이 부드러워졌다. 그런데 나만 자꾸 인상을 찡그렸나 보다.

"왜 그래?"

유카가 물었다.

"음이 불안정하다 싶어서……."

갑자기 부끄러운 생각이 들어서 고개를 숙였다. 내 귀는 어떻게 해서든 도부터 다음 도까지를 12단계로 나누어 평균율(도부터 시, 그리고 그 사이에 있는 올림음 도#, 레#, 파#, 솔#, 라# 음까지 더해 총 12음이 된다.) 음을 들으려 한다.

"전에 피아노 배웠거든요."

"역시 가즈키는 음악을 잘하는구나?"

"그렇지 않아요."

사실은 노사 말이 맞다. 나는 음대 부속고등학교에 다니는 누나보다 훨씬 더 귀가 예민하고, 피아노를 좋아하고, 멜로디언과 리코더도 좋아하고, 음악 성적도 좋았다. 하지만 나는 피아노를 그만둬 버렸다.

"피아노나 오케스트라 같은 음악도 좋지만, 난 오카리나 음색을 무척 좋아한단다. 소박하고 따뜻하거든. 불안정한 느낌도 좋아. 그렇잖니, 가즈키. 음계의 반음 사이에도 무수한 음이 있어. 불어 볼래? 손가락 짚는 법은 리코더랑 거의 같아. 뒤에 있는 구멍은 오른손 엄지로 막으렴."

나는 오카리나를 받아 들고 숨을 불어넣었다. 소리 내는 건 쉬웠다. 이 오카리나는 에프(F) 조다. 즉, 피아노의 '파' 음이 '도'가 되는 거다. 나는 노사가 불던 〈고추잠자리〉를 불었다.

"가즈, 잘 분다!"

"에이타, 너도 불 수 있어."

나는 웃으며 오카리나를 건넸다. 오카리나는 누구나 간단히 소리를 낼 수 있는데도 에이타는 잘 불지 못했다. 에이타가 부끄러운 듯이 웃었다.

"난 안 되네."

"오카리나 좀 못 불어도 괜찮아."

노사가 괜찮다고 하면 정말 여러 가지가 괜찮아지는 것 같다. 나는 오카리나를 돌려받아서 다시 불었다. 음색이 부드러웠다. 기분이 좋았다. 〈일곱 아이〉도 불고, 〈비눗방울〉도 불고, 쉬운 곡을 계속해서 불었다. 에이타가 오카리나 소리에 맞춰 노래했다. 가끔 음정과 박자를 틀렸지만 즐거워 보였다.

"와아, 잘 부는데. 역시 가즈키는 음악을 잘하는구나!"

그 말을 들으니 즐거운 마음이 싹 가셨다. 나는 부는 걸 멈췄다. 분명 얼굴이 굳었을 거다. 노사는 그걸 풀어 주려는 듯이 부드럽게 웃었다.

"가즈키, 너도 알겠지만 음악은 음을 배우는 게 아니라 음을 즐기는 거야. 그렇지?"

하지만 콩쿠르가 열리면 경쟁해야 한다. 발표회도 그렇다. 순위를 매기지는 않지만 우열을 겨루는 거다. "남자애는 그런 세계에서 살아가기보다 역시 공부를 열심히 하는 게 좋아. 아무리 피아노 교실 초등학생 중에서 1등이어도, 피아니스트로 성공한다는 보장은 전혀 없잖아. 장래를 생각하면 고등학교 입학시험을 치르지 않아도 되는 중·고등학부 통합 학교에 가서 좋은 대학에 가는 편이 마음 놓이지." 하고 아빠가 말했다. "누나랑 달리 남자애니까." 하고 엄마도 말했다. "그래도 마지막 결정은 가즈키 네가 하는 거야." 하고 덧붙였다.

발표회에 나가는 건 상당히 좋아했다. 시작 전에 느껴지는 긴장감도 산뜻하고, 무엇보다 넓은 회장에 울려 퍼지는 소리에 몸을 맡기면 기분이 좋아진다. 모두가 칭찬해 준다. 물론 빈말도 섞여 있

다. 선생님 아들이라서 빈말을 한다는 것쯤은 안다. 잘 쳤다는 말
보다는 즐거웠다든가 슬픈 곡이라서 마음이 가라앉았다는 말을 듣
는 게 좋았다. 모르는 할머니가 "넋 놓고 들었단다."라고 했을 때
는 날아갈 듯 기뻤다.

나는 고개를 숙이고 손을 내려다보았다. 키에 비해 커다란 손.
손가락도 넓게 벌어진다. 그게 강점이라 상당히 어려운 곡도 칠 수
있다. 그런데 이제 아주 오래전 일만 같다.

"학교에서는 음악도 공부한다는 느낌이긴 하지. 옛날 작곡가 이
름을 외우고, 잘 알지도 못하는 이론을 외우고, 기호의 뜻, 그러니
까 포르테나 안단테 같은 걸 외우고. 그런 거 외워 봐야 아무 쓸모
도 없어. 어른들한테 물으면 아무도 기억 못 해."

유카가 입술을 비죽 내밀었다.

"내 생각엔 음악이나 미술, 체육은 재미있으면 되는데. 후미오는
어떻게 생각하니?"

노사가 물었다.

"음악 선생이 재수 없었어요. 그러고 보니 학교에서 재미있는 것
도 있었네. 공부는 싫었지만, 축구나 급식 같은 거."

"난 학교 같은 거 진짜 싫은데."

유카가 보란 듯이 후미오한테서 얼굴을 홱 돌려 버렸다.

"학교, 가 보고 싶다."

후미오가 중얼거렸다. 좀 뜻밖이었다. 후미오는 학교 따위 관심
도 없을 거라고 생각했다. 하지만 가고 싶어도 갈 수 없다. 그런

상황이 나로서는 상상도 안 간다. 후미오와 눈이 마주쳤다. 조심스
럽게 물었다.

"언제까지 다녔는데?"

"5학년 2학기까지. 그 뒤에 시설에서 도망쳤으니까. 학교에서
공부는 못했지만, 싸움은 져 본 적 없어."

"싸움만 하고 다녔지?"

유카가 농담으로 받아쳤다.

"시설 아이라고 바보 취급하는 자식을 가만둘 수는 없잖아. 안
그래?"

"그럼 공부를 열심히 해서 다시 보게 만들어야지."

후미오는 내 말을 듣더니 메마른 소리로 웃었다.

"세상에는 너처럼 아무 걱정 없이 피아노 치고 학원 다니는 애들
만 있는 게 아니야."

기분이 나빴지만 아무 말도 할 수 없었다. 후미오는 집을 나와
살고 있다. 그런 일, 나는 분명 못 할 것이다.

"하지만 그건 가즈키 탓이 아니잖아."

유카가 끼어들었다. 화들짝 놀라 유카를 쳐다보았다. 평소엔 기
가 센 유카가 조금 안타까운 표정으로 나와 후미오를 번갈아 쳐다
보았다. 내가 운 좋은 건 사실이다. 확실히 유카 말처럼 우리 집이
어느 정도 여유 있는 건 내 탓이 아니다. 하지만 후미오가 시설에
서 살아야 했던 것 역시 후미오 탓이 아니다.

"나도 운이 좋다고 해야 하나. 그렇지만 부모를 고를 수 있는 것

도 아니고……. 왜 그럴까. 게다가 학교 따위 시시해. 의미 없어."

확실히 학교 따위 재미없긴 하다. 그래도 학교를 쉰 적은 거의 없다. 하지만 학원에는 가지 않게 되었다. 학원과 학교는 어떻게 다른 걸까?

9월이 코앞이다. 9월이 되면 정말로 학원에 돌아갈 수 있을까? 그런 생각을 하자 왠지 가슴이 콩닥콩닥 뛰었다. 학원만이 아니다. 학교에도 안 가게 되는 건 아닐까?

노사는 아무 말도 하지 않았다. 잠자코 우리 얘기를 들었다. 노사의 표정을 보고 있자니 마음이 가라앉았다. 그런 마음이 전해진 걸까? 후미오가 노사를 흘끗 보더니, 여전히 얄궂은 표정이 남은 채로 웃음을 띠었다. 유카가 고개를 들고 밝은 목소리로 말했다.

"어쨌거나 나는 학교보다는 여기 와서 여러 가지를 더 많이 익히고 생각해."

노사가 드디어 입을 열었다.

"유카 말대로 배우는 건 어디서든 할 수 있지만, 그래도 되도록이면 학교에는 가는 게 좋을 것 같구나. 후미오도 어떻게든 학교에 갈 수 있으면 좋을 텐데."

"안 돌아가요, 거기엔."

노사는 이해한다는 듯이 후미오 어깨를 톡톡 두드렸다.

그러고는 다시 오카리나를 불었다. 곡은 〈고추잠자리〉. 이 노래를 좋아하나 보다.

"벌써 입추도 지났으니까 달력 상으로는 가을이구나."

하지만 밖에선 여전히 매미 울음소리가 쏟아진다.

"좀매미가 우네."

에이타가 아까 배운 매미 이름을 댔다.

"이 숲에도 음악이 가득해. 가만히 귀를 기울이면 여러 가지 소리가 들려."

숲 속에는 자동차 소리도 시끄러운 사람 목소리도 들려오지 않는다. 조용하다. 하지만 조용하다는 것과 아무 소리도 나지 않는다는 것은 다르다. 매미 울음소리도 작지 않고, 귀를 기울이면 다른 소리도 들려온다. 새소리, 바람 소리……. 정말로 많은 소리가 들린다.

마침 엄마가 나가고 없었다. 누나는 자기 방에 틀어박혀 피아노를 치는 모양이었다. 교습실에 들어가 그랜드 피아노 뚜껑을 열었다. 한 손으로 쳐 보았다. 〈고추잠자리〉. 가만히 왼손을 더한다. 음이 겹치며 무게감을 더한다. 마음이 부드러워진다. 그날 피아노를 그만두기로 하고 나서, 내 손가락이 음을 자아낸 것은 처음이었다.

갑자기 문이 열렸다. 그 순간 손가락이 움직임을 멈추었다.

"가즈키 너였니?"

엄마가 놀란 듯이 나를 보며 서 있었다.

"가끔은 쳐도 괜찮아."

상냥해 보이는 얼굴이었다. 나는 보일 듯 말 듯 고개를 까딱하고는 곧장 뚜껑을 닫아 버렸다. 마음 같아서는 더 치고 싶었지만, 기분 전환이나 하려고 칠 생각은 없었다.

"됐어. 관뒀는데, 뭐."

7

현관문을 열기 전에 양말부터 벗었다. 어제 엄마한테 한마디 들었기 때문이다. 요즘 양말이 더러운데 어찌 된 일이냐고. 처음에는 신경 쓰이던 먼지투성이 바닥이 어느새 아무렇지도 않게 되었다. 물론 왜 그렇게 더러워졌는지는 말할 수 없다. 그래서 "미안, 조심할게."라고만 말했다. 나를 흘낏 쳐다보는 엄마 눈이 어쩐지 싫었다. 하고 싶은 말이 있으면 하면 될 텐데……

문을 열었다. 어? 무슨 일이지? 현관에 신발이 하나도 없다. 아무도 없나? 설마. 어제 에이타가 내일 보자고 했다. 유카도 온다고 했다. 후미오는…… 여기 살고 있으니까.

고개를 갸웃거리며 들어가 방을 들여다보았다. 아무도 없다. 무슨 일이 있나? 방은 달라진 게 없었다. 구석에 개어 둔 타월 담요, 기둥에 걸린 수건은 그대로다. 해진 책이 구석에 쌓여 있고, 그 옆에 에이타가 자주 쓰는 형광펜과 광고지를 묶어 만든 공책이 있다.

읽다 만 책 한 권이 펼쳐진 채 마룻바닥에 엎어져 있다. 조금 전까지 읽고 있었던 모양이다. 그 책은 후미오가 어제도 읽던 것이다. 유카의 스케치북도 있다. 즉, 여기에 한 번은 왔다는 얘기다. 보통은 집에 갈 때 가지고 가니까. 다 함께 물이라도 뜨러 갔나? 하지만 지금까지는 그런 일이 없었다.

옆방도 들여다보았다. 아무도 없다. 신발도 없다. 왠지 사람만 증발해 버린 것처럼······.

나는 잠시 멍하니 서 있었다. 방이 어두워 보였다. 이렇게 다 쓰러져 가는 집이라도 사람이 있는 것과 없는 것은 천지 차이였다.

일단 밖으로 나가 주변을 둘러보았다. 인기척이 없었다. 매미 울음소리만 시끄러웠다. 나 혼자 세상에 남겨진 기분이라고 하면 지나친 과장일까? 곧 돌아오겠지. 생각을 고쳐먹고 다시 방으로 들어갔다.

천장을 쳐다보았다. 나뭇결무늬 반자는 좀 꾀죄죄하고 군데군데 얼룩이 졌다. 짙은 얼룩은 비가 샌 자국이다. 처음 온 날은 진짜 놀랐지만 지금은 완전히 익숙해졌다.

에이타는 늘 들떠서 재잘대고 소란스레 웃는다. 삐딱한 데가 있지만 영리해 보이는 유카, 뻔뻔스럽지만 듬직한 후미오, 모두 여기서 만났다. 다들 어디로 가 버렸을까?

눈길을 마룻바닥에 떨구고 숨을 훅 내뱉는다. 시시하다. 혼자서는 시시하다. 다시 숨을 내뱉는다.

그때였다. 희미하게 바스락거리는 소리가 들렸다. 어디지? 뭐가 있나? 발소리를 죽인 채 방에서 나왔다. 옆방에서 난 소리인가? 가만히 들어간다. 역시 비어 있다. 개미 새끼 한 마리 없다. 그런데……

또 덜컹 하고 작은 소리가 났다. 벽장에서 나는 소리다. 그러고 보니 언제나 열려 있던 벽장문이 닫혀 있었다. 발소리가 나지 않도록 조심스레 다가가 벽장에 귀를 딱 붙였다. 이 안에 뭔가 있나?

가슴이 콩닥거렸지만 단숨에 문을 열었다. 어둠 속에 웅크리고 있는 사람 형상! 비명이 목구멍까지 올라와 뒷걸음을 쳤다. 그런데 깔깔 웃음소리가 났다.

"에이, 들켰네."

에이타가 아래 칸에서 기어 나왔다. 그 뒤에는 후미오가, 위쪽 칸에는 유카가 있었다.

"으, 더워!"

후미오가 손부채를 부쳤다. 뭐야, 숨어 있었어! 순간 울컥했다. 걱정했더니 뭐야, 셋이 짜고서! 그런데 눈을 치뜬 내게 에이타가 달려들었다.

"술래잡기야, 가즈."

"빨리 안 찾으니까 더워서 죽는 줄 알았잖니."

유카 얼굴도 땀으로 번들거렸다. 후미오 얼굴은 삶은 문어 같아서 나도 모르게 웃음이 터져 나왔다.

"얼굴 좀 봐!"

셋도 서로 얼굴을 돌아보며 웃음을 터트렸다.

"재밌었다. 그렇지?"

에이타가 웃었다.

"두 번은 못 하겠어."

그렇게 말하는 유카도 제법 즐거워 보였다.

나중에 들어 보니, 에이타가 숲 입구에서 망을 보다가 내가 나타나자 서둘러 돌아와 벽장 속에 숨었다고 한다. 먼저 말을 꺼낸 건…… 누구라도 좋다. 셋이서 날 기다려 주었으니까.

나도 벽장에 들어가 보았다. 위 칸에 앉아 다리를 늘어뜨린다.

그러고 보니 시골 할머니 댁에는 벽장이 있어서 어릴 때 거기 들어가 논 적이 있다.

지금 우리 집엔 벽장이 없다. 방마다 붙박이 옷장이 있을 뿐이다.

"후미오, 겨울에는 여기서 자도 되겠다."

유카가 말했다. 확실히 위 칸은 바닥보다 따뜻할지도 모른다. 그래도 이 집, 겨울에는 추울 테지. 틈새로 바람이 들어오고, 난방도 안 되고…….

"좋겠다. 나도 여기서 자고 싶어."

에이타가 벽장 속에서 데구르르 구른다. 나는 아무 말도 하지 못했다. 벽장은 먼지가 쌓인 데다 곰팡내도 조금 났다.

에이타가 오카리나를 불어 달라고 졸랐다. 노사가 웃었다.

"내가 부는 건 영 별로인가 봐. 에이타는 정말 가즈키를 좋아하는구나."

나는 오카리나를 받아 들고 입에 갖다 댔다. 귀에 익은 음과 음 사이로 미묘한 음정이 떠돌며 흔들린다. 내가 분 것은 〈해변의 노래〉라는 가곡이었다.

　후미오는 방 한구석에서 책을 읽는다. 유카는 그림을 그린다. 에이타와 노사는 내가 부는 오카리나 소리를 듣는다. 어찌 된 까닭인지 둘이 똑같은 표정으로 눈을 감고 듣는다. 다 불고 나니 둘이 박수를 쳐 주었다. 후미오가 말했다.

　"노사! 나, 바다 보고 싶어요."

　"난 있지, 바다에 가 있었어. 파도가 하얗더라."

　에이타가 웃으며 나를 돌아본다. 왠지 부끄럽다. 나는 바다를 머릿속에 그리며 오카리나를 불었다. 작년에 해수욕하러 갔던 쇼난(일본 가나가와 현에 있는 사가미 만을 말한다.) 바다와는 달리 정말 조용한 바다. 바닷가에 파도가 부서지는 바다. 색색의 파라솔이나 비닐 돗자리가 현란하게 펼쳐진 바다가 아니다. 바닷가를 천천히 걸으면 파도가 발자국을 지우고, 다시 젖은 모래에 발자국을 새기며 걷는 그런 바다. 나도 본 적은 없다.

　"고향 바다가 생각났어."

　노사가 말했다.

　"어딘데요?"

　전에 노사는 돌아가고 싶어도 갈 수 없다고 했다. 왜 돌아갈 수 없다는 걸까? 먼 곳인가? 아니면 뭔가 사정이 있는 걸까?

　"이바라키 현(도쿄에 인접한 일본 동부 해안 지방) 북쪽이야. 후쿠시

마에 가까운 작은 마을."

이바라키 현은 관동 지방이니까 여기서 별로 멀지 않다.

"가 본 적 없어요."

"그야 보통은 그렇지. 가즈키, 네 나이에 여기저기 다니는 사람은 드물어."

"그래도 여름 숲 속 학교 때 도치기 현 닛코에 가 봤어요. 또 지바 현에는 디즈니랜드가 있잖아요."

"그렇구나."

노사가 웃었다.

"노사는 여기저기 다녀 봤어요?"

유카가 물었다.

"글쎄, 나름대로."

"외국도요?"

유카가 다시 물었다.

"조금은."

그렇게 대답하고 노사는 입을 다물어 버렸다. 그다지 얘기하고 싶지 않은 모양이었다. 그래서 나는 다시 오카리나를 불렀다. 이번에도 바다를 노래한 곡, 〈물떼새〉다.

"푸른 달밤 바닷가에는 엄마 아빠 찾아서 우는 새가……."

유카가 가사를 읊조린다. 이 노래 아는구나.

"나, 이 노래 좋아해."

"가즈키 음색은 부드럽구나. 나보다 음이 안정돼 있고. 피아노

아예 안 치니? 저번에 그만뒀다고 하더니."

노사는 말투가 무척 부드러워서, 거기 대고 거짓말을 할 수 없다.

"더 중요한 일이 있으니까요."

"그래? 그런데 가즈키, 넌 음악을 좋아하는 거 같구나."

"당연히 좋아하죠. 오카리나, 엄청 즐겁게 불었는걸."

에이타가 말했다. 나는 에이타를 바라보았다. 변함없이 웃는 얼굴이다. 나를 그렇게 믿지 마. 하지만 에이타 말을 부정할 수 없다. 나는 솔직히 고개를 끄덕였다. 좋아했다. 아주 좋아했다. 그게 진짜 나일 거다.

"피아노는 세 살 때부터 쳤는데, 6학년 올라와서 관뒀어요. 중학교 입시가 있어서."

"중요한 일이란 게 입시야? 그렇다고 그만둘 건 없잖아."

유카가 말했다.

"아빠가 당분간 피아노 그만두고 공부 열심히 하라고 해서."

"그만두라고 했어?"

"아니야! 아니긴 한데……."

"부모님한테 거역할 수 없는 거겠지."

후미오가 말했다. 나는 후미오를 노려보았다. 하지만 맞는 말이다. 결국 그런 거다. 내가 선택했다고, 내가 결정했다고 생각했지만, 결국 모두 부모님 생각대로 해 왔다. 달리 어쩔 수 없었다. 그게 나였다.

"그럴지도 몰라. 그러니까 오기가 나서……."

치지 않겠다고 우겼다. 하지만 피아노를 그만두고 나서 마음이 점점 메말라 갔다. 내 손을 바라보았다. 손가락이 쫙 벌어지는 게 자랑이었던 손을.

"듣고 싶다, 가즈 피아노 소리."

꿈꾸는 듯한 에이타 말이 귀에 들어온다. 그 말이 조금씩 마음에 스며든다. 에이타가 동경하듯이 넋을 잃고 나를 바라본다. 그 얼굴이 도시나리 얼굴과 겹친다. 그 녀석, 맨날 날 따라다녔지. 그런데도 난 매몰차게 굴었다.

피아노를 치고 싶어졌다. 참을 수 없이 치고 싶어졌다. 엄마 아빠한테 치지 않겠다고 말한 건 나인데. 나도 모르게 무릎 위에서 손가락이 움직였다. 그러다가 그만 입 밖에 내고 말았다.

"에이타, 들으러 올래?"

에이타를 데리고 집에 갔다. 다행히 오늘은 교습이 없는 날이다. 되도록이면 엄마가 장이라도 보러 갔기를 바랐다. 하지만 엄마는 집에 있었다.

"친구야. 이름은 에이타."

엄마한테 말하자, 에이타는 싱글싱글 웃으며 인사했다.

"안녕하세요."

엄마가 방긋거렸다. 그럴 수밖에 없다. 에이타의 웃는 얼굴은 누구든지 상냥한 마음이 들게 만든다.

"그랜드 피아노 보고 싶대. 본 적이 없대."

"어서 들어오렴."

나는 에이타를 데리고 교습실로 들어갔다. 학생이 없을 때라 다행이다.

에이타가 피아노에 손을 뻗는다.

"예쁘다. 반짝반짝 빛나."

그러고는 피아노를 만지면 큰일이라도 나는 것처럼 뻗은 손을 거둬들였다. 나는 뚜껑을 열고 에이 음을 눌렀다. 다장조로 말하면 '라'이다. 뽀롱, 뽕, 뽀롱. 소리를 세 번 울렸다. 에이타는 작은 꽃이 바람에 흔들리듯이 후후후 웃었다.

"에이타, 너도 쳐 봐."

에이타는 주춤거리며 검지를 건반에 댔다.

뽀롱. 같은 높이 음이라도 음색이 조금 다르다.

"소리 났어!"

"그래. 피아노는 누구나 칠 수 있어. 자전거도 똑같아."

〈고추잠자리〉를 천천히 치면서 에이타를 보았다. 눈을 감고 있다. 입술을 조금 벌리고 부드러운 표정으로 몸을 흔든다.

문이 살며시 열리더니 엄마가 들어왔다. 순간 손이 멈추려 했다. 치지 않겠다고 했다. 하지만 아무래도 좋다. 아마 나는 이제 멈출 수 없을 거다.

나는 〈엘리제를 위하여〉를 쳤다.

"나, 이 곡 들은 적 있어."

"유명한 곡이니까. 〈엘리제를 위하여〉라는 곡이야."

"좋은 곡이네. 엄청 좋아."

엄마가 탁자 위에 칼피스와 쿠키를 두고 나갔다. 나는 피아노를 치면서 에이타를 보았다. 눈이 마주치자 울 것 같은 얼굴로 웃음 짓는다. 아니다. 에이타는 진짜로 울고 있었다. 눈물을 흘리며 웃고 있었다.

에이타를 자전거 뒤에 태우고 숲 입구까지 데려다 주었다. 집에 돌아오자 엄마가 말했다.

"귀여운 애구나. 웃는 게 천사 같아."

그래. 천사야, 내 동생은. 그리고 나는 천사의 웃음에 축복받아서 조금은 괜찮은 인간이 된 듯한 기분이 드는 거다.

"널 무척 따르는구나. 2학년쯤 되니?"

에이타는 학교에 거의 가지 않지만, 사실은 4학년이다. 하지만 아무리 통통해도 체구가 작아서 2학년으로밖에 보이지 않는다. 엄마한테는 굳이 아무 말도 하지 않았다.

"역시 기분 전환도 필요한 것 같구나. 신이 나서 치더라."

아마 엄마는 알았을 거다. 내가 피아노를 치면서 긴장이 풀렸던 걸. 아니야, 난 기분 전환 따위 한 게 아니야. 하지만 그렇게 생각하는 게 나을지도 모른다. 평소라면 물었을 말을 입에 올리지 않았으니까. 에이타와 어디서 알게 됐느냐는 둥, 어디 사는 아이냐는 둥, 그 애 아버지는 어떤 일을 하시냐는 둥…….

거기까지 생각하다가 퍼뜩 깨달았다. 나는 아무것도 모른다. 물어보더라도 대답할 수 있는 게 없다. 성씨조차도 몰랐다.

8

미호와 얼굴을 마주하는 건 두 주 만이다. 평소에는 저녁에 교습을 받으러 오는데, 그날은 대낮에 찾아왔다.

"안녕! 오늘 저녁엔 볼일이 있어서 낮 시간으로 바꿨어."

미호는 묻지도 않은 말을 했다.

"가즈키 너, 뭔가 변했다."

"안 변했어."

"많이 탔는데. 축구하는 애 같아."

그러면서 키득 웃는다. 변했다는 게 그런 뜻인가?

"동네 좀 익히려고 자전거로 돌아다녀서 그래."

역시 숲 이야기는 할 맘이 들지 않는다.

"료이치랑 도시나리도 안 만난다며? 여름방학 되고서 한 번도 안 만났다던데. 왜 안 만나?"

"이사 때문에 짬이 없었어."

"자전거 타면 금방이잖아. 나만 해도 레슨 받으러 오는데."

"공부하느라 바빠."

그건 거짓말이다. 학원은 8월 내내 쉬기로 했다. 반 아이들은 그 사실을 모른다. 료이치가 그만두고 나서 그 학원에 다니는 건 나뿐이니까. 료이치는 어떻게 지내고 있을까? 다음에 만나면 뭐라고 해야 하지? 2학기 따위 오지 않으면 좋을 텐데. 이대로 계속 여름 방학이 이어져 날마다 숲에 가는 거다. 그리고 에이타한테 피아노 연주도 들려주는 거다. 그건 기분 전환 같은 게 아니다.

"있지, 나 9월에 피아노 발표회 나가게 됐어."

미호가 불쑥 말했다. 그래서 어쩌라는 거지? 나하곤 상관없는 일이다.

"가즈키, 들으러 올 거지?"

"몰라, 그렇게 나중 일은."

나는 미호에게 등을 보이고 돌아섰다.

"야, 어디 가?"

"도서관. 조용해서 공부하기 좋아."

"가즈키, 사실은 계속 학원 안 가지? 괜찮아?"

걸음을 멈추고 돌아본다. 분명 노려보았을 것이다. 미호는 한순간 움찔하고 움츠러들었지만, 곧바로 지지 않겠다는 표정을 지어 보였다.

"알고 있는걸."

"너하곤 상관없잖아!"

그렇게 내뱉고 집을 나섰다.

말도 못 하게 더워서 가만히 있어도 땀이 줄줄 흘렀다. 에이타를 데리고 도서관에 가려 했는데, 모두 더위를 참지 못해서 결국엔 후미오와 유카도 함께 가게 되었다.

"잃어버리지 않게 조심해라."

노사가 에이타한테 말했다.

"괜찮아요. 내가 붙어 있으니까."

후미오가 가슴을 펴고 에이타 어깨를 두드렸다. 노사도 그렇고 후미오도 그렇고, 에이타를 상당히 신경 쓴다.

"괜찮아요. 후미오가 있으니까."

에이타가 후미오를 올려다보며 웃었다. 그 모습을 보고 나는 조금 분한 마음이 들었다.

"에이타 말이야, 무슨 사정이 있는 거야?"

나는 유카에게 살짝 물어보았다.

"글쎄? 난 모르겠는데, 후미오는 전부터 에이타를 지켜 주겠다고 하더라고."

도서관에 들어서자마자 에이타가 "와, 시원하네!" 하며 얼굴을 활짝 폈다. 그 얼굴을 보면 강아지, 그리고 도시나리가 절로 떠오른다. 차갑게 대해도 졸졸 따라 다니던 도시나리. 녀석이 당황스러워하던 표정을 떠올리면 가슴이 콕콕 쑤셔 온다. 얼뜨기잖아, 얼간이잖아, 멍청이잖아. 나는 그렇게 생각할 만큼 잘났나?

우리는 열람실 한구석에 자리를 잡았다.

"이야기책은 어디 있어?"

후미오가 묻기에 어린이 책 코너를 가리켰다.

"에이타, 이리 와. 이야기책 읽자."

"후미오는 정말로 이야기를 좋아하는구나."

유카가 말했다.

"나, 이야기가 이렇게 재미있는 줄은 전혀 몰랐어. 노사를 만나기 전에는 말이야."

후미오는 얼굴을 발그레 물들이며 말하더니 에이타 손을 잡고 책을 찾으러 갔다. 유카는 화집을 들고 와 내 앞에 앉았다. 그러고는 종이를 꺼내 화집을 보면서 쓱쓱 그림을 그렸다.

"그림 좋아하나 봐?"

소곤소곤 물었다.

"암만 좋아해 봐야……."

"엄청 잘 그리는 거 같은데."

유카는 쓸쓸한 얼굴로 고개를 가로저었다. 그러고는 희미하게 웃었다.

"여기 나쁘지 않은데. 도서관에 온 거 되게 오랜만이야. 다음에 또 와 볼까 봐."

나는 산수 문제집을 푼다. 유카는 그림을 그린다. 스케치북 위로 연필 스치는 소리가 들린다. 흘끗 보니 멈칫거리지도 않고 시원스레 쓱쓱 움직인다.

유카가 갑자기 손을 멈추고 중얼거렸다.

"쓸쓸해."

"뭐가?"

"어째서 누구는 재능이 있고 누구는 없을까?"

"무슨 소리야?"

물어도 대답은 돌아오지 않았다. 다시 연필을 움직인다. 그러다 멈춘다. 유카를 가만히 살펴보니 분한 얼굴로 입술을 깨물고 있다.

이윽고 에이타와 후미오가 커다란 그림책과 이바라키 현 소개 책자를 들고 왔다. 후미오가 현 전체 지도를 보면서 손가락으로 해안선을 짚어 간다.

"이바라키, 넓구나! 노사가 살던 북쪽 바닷가는 어딜까?"

유카가 중얼거리듯 말했다.

"아마 여기일 거야."

후미오가 가리킨 곳은 기타이바라키 시(이바라키 현 북쪽에 있는 도시)였다.

"왜 그렇게 생각해?"

"유명한 동요를 지은 시인이 태어난 곳이랬어. 그리워하는 거 같아서 나중에 데려가 달라고 했지. 난 바다를 보고 싶으니까. 아직 바다 본 적 없거든. 근데 노사는 아련한 눈으로 나를 보고 웃기만 하더라. 아무 말도 안 하고."

나는 후미오한테서 책을 받아 들고 기타이바라키 시 설명을 읽어 내려갔다. 노구치 우조(1882~1945년. 일본의 3대 시인 중 한 사람이며 동요 및 민요 작사가)라는 사람이 태어난 곳이란다.

〈일곱 아이〉, 〈빨간 구두〉, 〈비눗방울〉, 〈저 마을 이 마을〉……. 나도 아는 노래가 몇 곡이나 적혀 있었다.

책을 반납할 때도 후미오는 에이타 손을 꼭 잡고 갔다.

"자기가 형인 줄 아네."

"가즈키, 형 있어?"

"누나만 하나. 음대 부속고등학교 2학년. 너는?"

"나도 언니가 있어. 미대 1학년."

그러면 유카가 그림을 좋아하는 건 언니 영향인가? 그건 그렇다 치고, 유카가 숲 속 폐가에 드나드는 걸 집에서는 알고 있을까? 등교 거부에 대해서는 어떻게 생각할까?

"학교 싫어?"

"이해가 안 되는걸. 수학에서는 '이걸 선분 에이라 한다.' 그런다고. 선분이 뭔데? 직선의 일부란 게 뭐야? 직선은 두께를 갖지 않고 영원히 이어지는 선이래. 영원히 이어진다니, 그딴 거 하나도 모르겠어. 보통 쓰는 직선이랑 수학에서 쓰는 직선은 의미가 달라. 그럼 똑바른 선은 뭐야?"

뒤에서 헛기침 소리가 들렸다. 돌아보니 어떤 아줌마가 얼굴을 찌푸리고 있었다. 유카는 어깨를 으쓱했다. 나는 더 소리 죽여 물었다.

"설마 집단 따돌림이야?"

유카는 입만 벙긋거리며 '바보'라고 말했다.

"축구도 좋아했어. 후미오처럼."

"어, 그림을 좋아한 거 아냐?"

"그림 따위 아무리 그려 봐야, 나는 안 돼. 언니한테는 못 당하니까. 우리 집은 언니만 있으면 돼!"

내뱉는 듯한 말투다.

"언니랑 사이가 나빠?"

유카는 보일락 말락 고개를 가로저었다. 대답하기까지 잠시 뜸을 들였다.

"싫기라도 하면 나을 텐데."

"언니 말이야?"

유카는 대답하지 않았다. 하지만 조금 알 것 같았다. 대답하지 않으면 '예스'라는 뜻이다.

에이타가 그림책을 들고 뛰어왔다.

"이 녀석, 실내에서 뛰지 마!"

갑작스레 호통이 들렸다. 덩치 큰 아저씨가 허리에 손을 얹고 에이타를 노려보았다. 에이타는 움찔하며 겁먹은 얼굴로 멈춰 서더니 움직이지 못했다. 후미오가 허둥지둥 다가왔다.

"죄송해요."

후미오가 대신 사과를 했다. 에이타는 후미오한테 달라붙었다.

"괜찮아."

위로하듯이 등을 토닥거리자 에이타는 겨우 얼굴을 펴고 나를 보며 웃었다.

해가 기울어서야 우리는 숲 속 집으로 돌아갔다. 나는 당연한 듯 후미오와 에이타를 따라 집으로 들어갔다. 노사는 나갔는지 집이 텅 비어 있었다.

에이타가 마음에 들어 한 고양이 표지 그림책을 내 대출증으로 빌렸다.《백만 번 산 고양이》라는 책이었다. 후미오가 에이타한테 책을 읽어 주었다. 유카는 스케치북을 펼쳤다. 나는 문제집을 풀었다. 저마다 다른 일을 하고 있다. 하지만 기분이 좋다.

저녁인데도 덥고 금세 땀이 난다. 더구나 집 안은 먼지투성이다. 그래도 마음이 평온해진다.

말할 때는 몰랐는데 낭독할 때 들어 보니 후미오는 목소리가 좋다. 처음에는 그냥 목소리가 좋다고만 생각했다. 그런데 이내 곧잘 읽는다는 걸 깨달았다. 감정이 잘 담겨 있어서, 나도 어느 틈엔가 연필을 멈춘 채 귀를 기울이고 있었다. 이렇게 잘 읽는 애는 우리 반에도 없다.

책을 다 읽고 덮었다. 에이타 뺨에 눈물이 주르륵 흘렀다. 나와 유카도 침울해졌다.

"좋은 이야기네. 너, 책 잘 읽는구나."

유카가 말하기에 나도 같이 고개를 끄덕였다. 후미오는 부끄러운 듯 얼굴을 붉히더니 고개를 숙여 버렸다. 칭찬하는데, 이상한 녀석이다.

에이타가 한 번 더 읽어 달라며 후미오를 졸랐다. 한참 어린 아이 같다. 나도 유치원 때는 똑같은 책을 몇 번이고 읽어 달라며 엄마를 졸랐다. 하지만 후미오는, 어쩌면 에이타도, 그런 추억이 없을지 모른다.

"그럼 끝 부분만."

후미오가 책을 읽는다. 에이타 눈에서 다시 눈물이 흘러넘친다.

"책 같은 거 가져 본 적 없어."

다 읽은 책을 덮으며 후미오가 말했다.

"그랬구나."

유카가 한숨을 섞어 대꾸했다.

"시설에서 주는 용돈으로는 책 같은 거 살 수 없거든. 그런데도 학교에 가면 '세금으로 사는 주제에.' 같은 소리를 지껄이는 녀석이 있었어."

"뭐야, 그게! 그러는 너는 부모 돈으로 살지 않느냐고 말해 주지 그랬어!"

유카가 화난 목소리로 말했다.

"부모가 그런 소릴 하는 거야. 저 애들은 세금으로 사는 가엾은 애들이라고. 부모가 없거나 무능해서 애들도 못쓰게 됐다고. 까불고 있어!"

후미오가 주먹으로 벽을 쳤다. 나는 아무 말도 하지 못했다.

그날 밤, 미호한테서 전화가 왔다.

"도서관에 같이 있던 앤 누구야?"

갑자기 볼멘소리로 물었다.

"도서관?"

"레슨 끝나고 도서관에 가 봤어."

"……."

뭐라고 대답해야 할까? 누구냐니. 에이타는 친구다. 유카와 후미오는 아직 친구라 할 수 없지만.

"공부한다고 그러고는 도서관에서 데이트하더라."

"데이트?"

"그렇잖아. 아줌마한텐 얘기 안 했어."

그렇구나. 미호는 내가 유카랑 얘기하는 모습을 본 거다. 엄마한테 얘기 안 했다고? 은혜라도 베푸는 듯한 말투다. 그런데 데이트라니.

"그런 거 아니야."

"뭐라고 소곤소곤 얘기하던데."

소곤소곤이라니, 도서관에서 큰 소리로 얘기할 수 없으니까 그런 건데.

"네 녀석하곤 상관없잖아."

"네 녀석이라고 하지 마!"

미호는 대체 왜 화를 내는 걸까? 그보다 도서관까지 왔으면 말을 걸 일이지 왜 살금살금 엿보는 거야? 왠지 화가 나서 일부러 심술궂게 얘기해 줬다.

"다케자와 미호 씨하고는 관계없는 일입니다."

딸칵 소리가 나며 전화가 끊겼다.

"무슨 일이니?"

엄마가 물었다.

"아무것도 아냐."

"미호 말이야, 피아노가 많이 늘었어."

"나랑은 상관없어."

"친구잖아. 미호는 널 무척 걱정해서……."

나는 휙 돌아서서 거실을 나왔다.

번개가 번쩍하더니 천둥이 울린다.

"으앗!"

에이타가 비명을 질렀다.

"서두르자. 꼭 잡아!"

등에 달라붙은 에이타한테 말하고는, 있는 힘껏 자전거 페달을 밟았다. 에이타는 천둥소리를 싫어한다. 에이타가 긴장한 게 등으로 느껴졌다.

"괜찮아."

나는 한층 더 속도를 냈다. 우리가 가는 곳은 우리 집이다. 에이타가 또 피아노 연주를 듣고 싶다고 했는데, 엄마가 있을 때는 피아노를 치고 싶지 않았다. 오늘은 마침 엄마가 외출할 거라고 해서 에이타를 집에 데려가기로 했다. 페달을 밟으면서, 전에도 소나기를 뚫고 뛰어갔던 게 떠올랐다. 내가 처음 그 집에 간 날이다. 그때는 정말로 깜짝 놀랐지.

후둑후둑 빗방울이 듣는다. 천둥소리가 들릴 때마다 에이타가 움찔움찔 움츠러드는 걸 느낄 수 있었다.

"아직 멀리 있으니까 괜찮아."

앞을 보고 페달을 밟으면서 소리쳤다.

비가 거세지기 전에 겨우 집에 도착했다. 현관을 열고 안으로 들어가자 엄마가 맞아 주었다.

"가즈키였구나. 어서 와. 어머, 친구도 같이 왔네? 에이타랬지?"

나는 현관문을 잡고 에이타를 안으로 밀어 넣었다. 그런데 왜 엄마가 집에 있지? 속으로는 꽤 당황했지만 되도록 평범한 목소리로 말했다.

"오늘 나가는 거 아니었어?"

"응, 저쪽 사정 때문에 갑자기 취소됐어."

에이타가 고개를 꾸벅 숙였다.

"안녕하세요!"

"어쨌든 둘 다 들어오렴. 제대로 쏟아지기 전에 와서 다행이야."

그때 번개가 번쩍하고 나서 곧장 우르릉우르릉 요란한 소리가 났다. 에이타가 "악!" 하고 소리치며 나한테 매달렸다. 부르르 떨림이 전해 왔다.

"괜찮아. 집 안이잖아."

나를 올려다보며 에이타가 웃는다. 당장이라도 눈물을 쏟을 것 같은 표정이다. 정말로 겁쟁이다. 지난번에 도서관에서도 주의 좀 받았다고 굳어 버렸다. 그때는 후미오도 심상치 않았다. 마치 아기를 어르듯이……. 그리고 보니 유카가 그랬다. "후미오는 에이타를 지키겠다고 했어."라고. 그건 어떤 의미일까?

둘이서 교습실로 들어갔다. 원래대로라면 오늘은 엄마가 집에 없는 날인데…….

"피아노 쳐 볼래?"

에이타가 고개를 가로저었다.

"난 못 쳐."

"누구나 칠 수 있어."

나는 웃으며 뚜껑을 열고 에이 음에 손가락을 내려놓았다. 내가 좋아하는 음이다.

그러고는 에이타 손을 건반 위로 잡아끌었다. 통통하고 작은 손이 건반에 닿았다. 짧은 검지 위에 두 배는 큰 내 손을 겹쳐서 한음 한음 끊듯이 소리를 냈다.

미미라시도시라 파파미레미.

〈황성의 달〉의 애수 띤 멜로디였다. 그것만으로도 에이타 눈에서는 눈물이 줄줄 흘러내렸다. 나는 또 도시나리를 생각했다. 겁쟁이에다 울보인 도시나리. 그렇지만 감격도 잘했지. 내 피아노 연주를 듣다가 왠지 쓸쓸해졌다고 한 게 언제였더라? 피아노는 여자애들이 많이 치니까 좀 부끄러워서 반 애들한테는 들려준 적이 없다. 그 녀석 하나만 예외였다.

같은 멜로디를 한 번 더 따라갔다.

"에이타, 네가 친 거야, 지금."

에이타가 나를 돌아보고 웃었다.

가볍게 문 두드리는 소리가 나더니 엄마가 쟁반을 들고 들어왔다. 쟁반에는 따뜻한 우유와 쿠키가 담겨 있었다.

엄마가 에이타한테 묻는다.

"에이타는 성이 뭐랬지?"

"와구리 에이타예요."

처음 들었다. 하지만 나는 진작부터 알았던 척했다.

"어떤 한자를 쓰니?"

"'화할 화(和)' 자에 '밤 율(栗)' 자를 써요. 이름은 '꽃부리 영'에 '클 태' 자고요."

마지못해 글자 뜻을 외운 것처럼 단조로운 말투였다. 누군가 억지로 외우게 한 게 아닌가 싶은…….

"에이타의 에이는, 후미오가 '영어'할 때 영이라고 했더니, '영지(英智, 뛰어난 지혜)'의 영이랬어요."

"어머, 꽤 어려운 말을 아는구나. 누가 그런 말을 했니?"

"노사가요. '영'이라는 글자엔 뛰어나다는 뜻이 있대요. 노사가 가르쳐 줬어요."

엄마가 고개를 갸웃하며 물었다.

"노사라니?"

내가 당황해서 끼어들었다.

"학원 선생님 같은 분이야."

"좋은 이름이구나. '영지'의 '영'을 쓰다니."

"고맙습니다."

에이타 말에 엄마가 빙긋 웃었다.

"형제는 있니?"

"저 혼자예요."

사람을 잘 따라서 막내인가 했더니, 외동아이였구나. 그것도 처음 알았다.

"집은 어디니?"

"2번지예요."

"아, 2번지는 아오키 강 건너편이지?"

그러고 보니 에이타네 집은 강 건너라고 했다.

"몇 학년이니?"

에이타는 곤란한 표정으로 나를 보았다. 처음 만났을 때 손가락 아홉 개를 펴 보인 걸 생각해 냈다.

"4학년이야."

내가 말하고 에이타가 고개를 끄덕였다. 더 이상 꼬치꼬치 캐묻는 게 싫어서 건반 위에 손가락을 얹었다.

〈고추잠자리〉를 친다. 에이타가 노래한다.

"등에 업혀 본 것이 언제였던가."

음정이 맞지 않는다. 나도 모르게 입매가 풀어진다.

〈달빛 사막〉을 친다. 이 노래를 모르는 에이타는 손뼉을 친다.

박자가 맞지 않는다. 그래도 좋다.

"가즈, 엘리제 쳐 줘."

〈엘리제를 위하여〉 얘기다. 지난번 쳐 줬을 때도 좋아했지. 손가락이 건반 위를 달린다. 마음이 부드러워진다. 엘리제를 위하여, 엘리제를 위하여. 이 순간 나는 행복하다. 에이타를 위하여. 누군가를 위해 좋아하는 피아노를 치는 게 이렇게 행복한 일이었다니!

엄마가 앞에 있으면 에이타는 이상하리만치 예의 바르게 굴었다. 쿠키를 집기 전에 "잘 먹겠습니다." 하고 또랑또랑하게 말하고 나서 조용히 입으로 가져갔다. 우유를 마실 때도 소리를 내지 않았다. 집에서 어떻게 지내는 걸까? 제법 좋은 환경에서 자랐을지도 모른다. 그러고 보면 에이타가 입은 옷은 싸구려가 아닌 듯하다. 그래도 역시 어딘가 평범하지 않은 구석이 있다. 확실히 예의는 바르지만 어딘가 움직임이 어색하다. 자전거도 못 타고 오카리나도 못 분다. 학교에도 거의 가지 않는 모양이다. 그런데도 유카처럼 '등교 거부를 하고 있다.'는 자각이 거의 없다. 가끔 말을 더듬고, 나이보다 훨씬 어려 보이기도 한다.

엄마한테 바래다주고 오겠다고 말한 뒤 에이타와 집을 나섰다. 비는 그쳤다.

8월도 끝을 향해 가고, 해 지는 게 빨라졌다. 자전거에 에이타를 태우고 끈다. 눈이 마주치자 에이타가 웃는다. 기쁜 듯이 웃는다. 하지만 나는 이 아이에 대해 아무것도 모른다. 아무것도 이해하지

못한다. 집이 어디 있는지도, 부모에 대해서도 물은 적이 없다.

숲 입구에 닿았다. 자전거에서 뛰어내린 에이타는 여느 때처럼 웃는 얼굴로 말했다.

"가즈, 피아노 엄청 좋았어."

여느 때와 다름없이 웃는데, 그 얼굴이 왠지 달라 보였다. 왜 피아노 연주를 들으면서 눈물을 흘렸을까?

"걔, 에이타 말이야, 어떤 애니?"

엄마가 물었다.

"어떤 애냐니?"

"귀엽더라. 사람 마음을 살살 녹이듯이 웃고 말이야."

"착한 애니까 그렇지."

"그래, 그것뿐이면 좋은데."

나도 모르게 얼굴을 찌푸렸다. 뭐가 좋다는 거지, 엄마는?

"어떤 집일까? 아오키 강 건너엔 가 본 적 없는데."

"어떤 집이든, 그딴 거 상관없잖아!"

나도 모르게 말이 거칠어진다. 엄마한테 이런 식으로 말하면 안 되는데, 마음속에서 난폭한 감정이 솟구쳐 억누를 수 없었다.

"그게 그렇지 않은걸. 분명히 귀여운 애지만, 4학년 치고는…… 좀 발달이 늦은 거 아닐까."

"관둬, 내 소중한 친구니까."

친구라는 말이 거침없이 나왔다. 우연히 숲에서 만난 어린애 아니었나? 아니다. 그렇지 않다. 에이타와 함께 있으면 거스러진 마음이 가라앉는다. 신기하게도 마음이 너그러워진다.

"그래도 가즈키, 걔는 평범한 애가 아니야. 친구는 신중하게 골라야 해. 그리고 입시도 있잖니. 엄마도 네 판단에 맡기고 싶지만, 언제까지고 그런 애랑……."

나는 엄마 말을 가로막았다.

"무슨 말을 하고 싶은 건지 모르겠어!"

나는 일부러 눈을 부라리며 휙 돌아섰다.

"그 애 집이 어떤지 물은 것뿐이잖니. 부모는 제대로 된 사람들일까?"

제대로 되었다는 건 무슨 뜻일까? 우리 엄마 아빠 같은 걸 말하는 걸까? 하지만 부모가 어떤 사람이든 친구가 되는 데는 아무 상관없잖아? 그런 말을 하면 후미오 같은 애는 어쩌라는 거지?

"에이타네 집이 아오키 강 건너라는 얘기만 들었지 가족에 대해선 잘 몰라."

"잘 모르다니, 너 좀 전엔 소중한 친구라더니."

"아직 안 지 얼마 안 됐으니까. 소중한 친구라고 생각하는 데 시간이 중요해? 내가 소중하다고 생각하는데."

"어디서 알게 됐니?"

"공원이야. 도서관 있는 데. 날 잘 따르니까 자전거 태워 주고 그랬어. 에이타는 무척 솔직하고 착한 애야. 그거면 됐잖아."

알게 된 건 숲이다. 하지만 거짓말이 술술 나온다. 그 숲에 대해서는 말할 수 없다.

"나쁜 애라곤 안 했어. 하지만 어느 집 아이인지, 친구 일은 잘
알아 둬야⋯⋯."

시끄러워! 뭐라고 종알대는 거야!

"됐어!"

거실을 나와 거칠게 문을 닫았다.

10

나 자신이 조금 싫어졌다. 엄마한테 그렇게 버릇없이 말하다니. 그래도 친구를 고르라니, 누구면 되고 누구면 안 된다는 거지? 도시나리는 엄마도 잘 안다. 하지만 도시나리를 그다지 좋게 보지 않는 것 같다. 료이치는 좋은 애라고 말한다. 공부를 잘해서? 엄마 기준은 그런 거였나?

물론 엄마는 이렇게 해라 저렇게 해라 하지는 않는다. 그저 "료이치하고 사이좋게 지내니?"라고 묻거나 "집에 데리고 와도 돼." 라고 말할 뿐이다.

에이타는 도시나리를 닮았다. 나만 그렇게 느끼는 거지만……. 나는 에이타를 도시나리 대신으로 생각하는 걸까? 괴롭힌 걸 보상하기 위해서 에이타한테 잘해야 한다고 생각하는 걸까? 에이타는 도시나리랑 마찬가지로 겁쟁이에다 좀 굼뜨고 울보에…….

'그런 게 아니야, 그럴 리 없어.' 하고 생각하면서도 점점 불안해졌다.

날마다 그렇게나 기대했는데, 숲에 갈 수 없게 되었다. 즐거웠던 시간. 하지만 그런 건 그저 착각이었을지도 모른다. 나는 수험생이고, 그 애들은 입장이 다르다. 사는 세계가 다르다. 그렇게 생각했다가 곧바로 마음을 고쳐먹었다. 그런 생각은 잘못됐다. 그곳이 편안하다고 생각했다. 그런데……

나도 내 마음을 알 수 없었다.

그다음에 숲을 찾은 건 사흘 뒤였다. 에이타가 집에 다녀간 다음 날도 가지 않았고, 그다음 날도 가지 않았다. 갈 수가 없었다.

사흘 뒤, 도서관에서 유카와 딱 마주쳤다. 유카는 날카로운 말투로 비난하듯 말했다.

"어떻게 된 거니? 에이타가 외로워하는데."

"외롭다니…… 후미오가 있는데?"

"넌 좀 달라, 분명히. 에이타한테는."

"다르다니, 뭐가?"

"그딴 건 몰라. 그냥 그런 생각이 들었어."

"에이타는 어떤 애일까."

"어떤 애라니, 무슨 뜻이야?"

"집이나."

"글쎄. 내가 아는 건, 4학년이고 학교에 거의 안 간다는 것 정도야. 나도 지금은 학교 안 가지만. 후미오한테 물어보지그래? 후미오는 개를 진짜 동생처럼 생각하니까. 에이타를 지키겠대."

"……."

지키다니, 난 못 한다. 어차피 난 형이 될 수는 없다. 그런데 이름을 들으니 괜스레 에이타의 웃는 얼굴이 보고 싶어졌다.

"지금 갈 거니?"

애매하게 고개를 끄덕였다. 그런데 어쩌지……. 유카가 한참 앞서 걸어간다. 나는 그 뒤를 느릿느릿 쫓아간다. 갑자기 유카가 멈춰 선다.

"갈 거지?"

이번에는 좀 더 크게 고개를 끄덕였다. 이대로 개운치 않은 기분을 안고 있어 봐야 소용이 없다. 그리고 역시 에이타를 만나고 싶었다.

"에이타 말이야, 너희 집에 갔던 걸 신이 나서 얘기했어."

"우리 엄마가 에이타 귀엽대. 천사 같대."

"다 그렇게 생각해. 늘 웃으니까."

"그렇지만……."

그렇지만 그걸로 끝이 아니다.

"뭐?"

"아무것도 아냐. 그렇지만 어른들은 이것저것 캐묻잖아. 어떤 집 아이냐, 부모님은 무슨 일 하시냐 하고."

"뭐 그렇지. 그렇구나, 너 부모님한테 무슨 말 들었지?"

나는 대답할 수 없었다. 그래. 하지만 그것만이 아니라고.

숲 밖에서 보는 유카는 표정이 어둡다. 풀어 헤친 머리도 무겁고 갑갑해 보인다. 그런데도 고개를 수그린 옆모습을 보고 예쁘다는 생각이 들었다. 유카가 갑자기 돌아보았을 때는 가슴이 덜컥 내려앉았다.

"왜 학교에 못 가게 됐어?"

나도 학원에 못 가게 됐지만……. 그건 입에 올릴 수 없는 말이다. 그런데 유카가 나를 홱 째려보았다.

"못 가는 게 아니야, 안 가는 거지. 레지스탕스. 알아? 반항."

"부모님한테?"

지난번에 유카가 그런 말을 했다. "우리 집은 언니만 있으면 돼."라고.

"아니야."

그럼 뭐에 반항한다는 거지?

"저쪽은 재능이 있는걸, 어쩔 수 없잖아."

그런 건 본심이 아니다. 어쩔 수 없다니, 간단히 말할 수 없는 거다. 그럼 나는? 피아노를 그만두고 싶지 않았다.

"언제부터 그 집에 드나들었어?"

유카는 눈을 가늘게 뜨며 웃었다. 마치 무언가를 그리워하듯이.

"학교 안 가고 거기서 그림 그리고 있었거든. 그랬더니 노사가 지나가다가 잘 그린다고 하더라. 나 같은 건 영 아니라고 했더니, 자신을 그렇게 말하면 안 된다는 거야. 어른한테 그런 말 들은 거 처음이었어. 빤히 쳐다봤지. 그랬더니 부드럽게 웃더라. 이상한 아저씨라고 생각했어. 두 번쯤 만났나, 저기서. 그 뒤에 그 집에 들어가는 걸 보고 깜짝 놀랐지만."

"그랬겠네. 충격이 컸겠다."

"그렇지? 설마 그런 데 살 줄은 몰랐어. 그래도…… 노사가 뭔가 말해 줬으면 싶어서 '실례합니다, 물 좀 주세요.' 했지. 그랬더니 그딴 거 없다면서 나온 게 후미오야."

유카가 조금 소리를 내며 웃었다. 나도 조금 웃었다. 처음에 꺼지라는 호통을 들었기 때문에, 유카가 얼마나 당황했을지 눈에 선했다.

"언제쯤?"

"처음 만난 게 5월 말쯤이었으니까, 6월 장마 직전인가? 그때부터 가끔씩 가게 됐어."

"괜찮았어? 그 집."

"안 괜찮았어. 지저분하지, 낡았지, 으악, 이런 집에 들어가긴 싫어! 노사도 참, 완전히 빈털터리구나 했지. 그런데 그런 어른은 처음이었어."

"처음?"

"그럴 맘이 들게 하는 거야. 그림 따위 재능도 없고 관둬야지 했는데, 잘 그린다 하고."

전에 유카가 속고 싶다고 말한 게 그거였나? 하지만 그건 속이는 거랑은 다르다.

"너도 그렇잖아?"

"뭐가?"

"피, 아, 노."

유카가 밝은 표정으로 후후후 웃었다. 숲에 도착했기 때문이다.

에이타가 숲 입구에 서 있다가 나한테 달려들었다.

"가즈, 아팠어?"

"괜찮아."

에이타 머리를 가볍게 쓰다듬어 주었다. 왠지 무척 나쁜 짓을 한 기분이 들었다.

역시 이 숲에 오면 마음이 편하다. 유카만큼은 아니지만 여기 오면 마음이 놓인다. 하늘을 올려다보았다. 나무 너머 멀리 하늘이 푸르다. 그 푸름이 조금 퇴색한 것 같았다. 오늘도 덥지만 계절이 아주 조금 바뀌었는지도 모르겠다.

노사는 없었다. 후미오는 바닥에서 뒹굴거리며 책을 읽고 있었다. 후미오는 여기서 어떤 생활을 하고 있을까? 노사와 둘이, 생판 남이랑 이런 낡은 집에서 지내는 건 어떤 느낌일까?

"후미오는 언제부터 여기 살았어?"

"쭉."

에이타가 웃는다. 후미오가 머리를 콩 때린다. 친근함이 듬뿍 배어 있다. 에이타는 꿀밤을 맞으면서도 마음이 편한 듯했다.

"다섯 달쯤 됐네."

"전기도 안 들어오고 물도 안 나와서 큰일이지?"

"혼자가 아니니까."

"밤에는 어떻게 해? 노사랑 둘이 여기서 자는 거야? 에이타가 묵고 갈 때는 셋인가?"

"그런 일 거의 없어."

"어?"

"노사는 밤에는 거의 없으니까."

"없다니? 여기 산다며."

눈을 동그랗게 뜬 나를 보고 후미오는 바보 같다는 듯이 웃었다. '너, 아무것도 모르는구나.' 하고 말하듯이. 뭐, 그런 말을 들어도 어쩔 수 없었다.

"에이타, 공원에서 물 좀 떠다 줘."

후미오가 말했다.

"응, 알았어. 나, 두 개 들 수 있어."

"조심해서 가."

에이타가 1.5리터짜리 페트병 두 개를 끌어안고 나간 뒤, 후미오는 여기서 사는 얘기를 들려주었다.

노사가 밤에 여기 없는 건, 일을 하러 가기 때문이란다. 심야 공사장이나 이웃 마을 공장에서 일을 하는데, 일용직이라서 날마다 일이 있는 게 아니란다. 일이 없는 날은 알루미늄 캔을 모은다. 그럴 때는 후미오도 가끔씩 같이 간다. 버려진 알루미늄 캔을 주워 돈으로 바꾼다고 한다.

가끔은 낮에도 일할 때가 있지만, 요즘에는 불경기라서 일이 눈에 띄게 줄어든 모양이다.

"노숙자는 그렇게 사니까."

후미오가 딱 잘라 말했다. '노숙자'라는 말이 머릿속에서 떠나지 않았다.

"……."

"노숙자 아저씨들도 일을 해. 하지만 아파트 같은 거 빌릴 만한 돈, 어지간해서는 모을 수 없어. 아무것도 모르는 놈들이 노숙자는 대낮부터 뒹굴거리기나 하고 일할 의욕도 없다고 지껄이지."

그런데 밤새도록 일을 하는데 왜 노숙자 생활에서 벗어날 수 없는 걸까? 그리고 알루미늄 캔을 줍다니, 좀 더 제대로 된 일을 하면 될 텐데 하는 생각이 들었다. 내 생각을 꿰뚫어 보기라도 한 듯이 후미오가 다시 입을 열었다.

"알루미늄 캔을 몇 개나 주우면 목돈이 되는지 알아? 밤새 돌아다녀 봐야 1천 엔 벌기 힘들어."

"밤새도록 일해서 1천 엔?"

시내에 붙어 있는 아르바이트 모집 광고지에도 시급 8백 엔이라고 쓰여 있는데……

"경기가 나빠져서 일이 없대. 계약직 해고라는 말 뉴스에서 들어 본 적 있지? 노사도 전에는 공장에서 계약직으로 일했는데, 일이 없어지면서 갑자기 기숙사에서도 쫓겨났대. 살 집이 없어져서……. 아오키 강변에도 그런 사람이 여럿 있어. 그러니까 다들 조금이라도 돈을 벌려고 알루미늄 캔도 모으고 종이 박스도 모으고 하는 거야."

"그런 일을 했어?"

유카가 넋 나간 표정으로 물었다. 유카도 몰랐구나.

"그럼 넌 밤에 여기서 혼자 지내? 에이타가 여기 묵을 때는 둘?"

"에이타가 여기서 잔 건 한 번뿐이야."

"겨우 한 번?"

"너, 보나 마나 부모님한테 무슨 소리 들었지? 에이타를 집에 데
리고 갔다가 말이야."

후미오가 내 눈을 똑바로 쳐다보았다. 나는 눈을 피해 버렸다.
얼굴이 뜨끈하게 달아올랐다. 엄마 말이 되살아났다. 평범한 애가
아니야.

"평범하다는 건 뭐지?"

불쑥 중얼거렸다.

"평범? 그딴 거 여기엔 없어!"

후미오는 거칠게 벽을 때렸다. 그러고는 나를 노려보며 다시 내
뱉었다.

"에이타는 좋은 애야! 그거면 됐잖아!"

"가즈키한테 그러지 마."

유카가 말참견을 했다. 후미오가 이번에는 유카를 빤히 노려보
았지만, 금방 눈을 내리깔았다.

"알아. 에이타는……."

후미오는 그대로 입을 다물었다. 잠시 셋 다 말이 없었다.

매미 울음소리가 들려왔다.

"나, 봤어."

"보다니?"

"강 건너 집에 녀석을 바래다준 적이 있어. 장마철이었을 거야. 흐리고 어둑했으니까. 그런데 누군가 집 앞에 서 있었어."

"어떤 집이었어?"

"2층 건물에 깨끗한 집이었어. 에이타는 여기면 됐다고 날 돌려보냈어. 좀 이상해서 가는 척하고 모퉁이를 돌았다가 다시 돌아가서 살폈어."

"무슨 일…… 있었어?"

"거기 서 있던 건 걔네 아빠였어. '어디를 싸다닌 거야, 바보 자식!' 하고 소리를 버럭 지르더니 갑자기 에이타를 때렸어. 에이타는 머리를 감싸고 울먹이면서 '잘못했어요, 잘못했어요.'라고…… 걔네 아빠는 취해서 '이 멍청이! 덜떨어진 놈!' 하고 계속 소리치면서 귀를 이렇게 잡고…… 에이타를 잡아당겨서 난폭하게 현관 안으로 밀어 넣었어."

후미오는 자기 귀를 손가락으로 잡고 위로 끌어 올려 보였다.

"세상에……."

문득 떠올랐다. 에이타가 길을 잃은 날, 공원에서 "맞아, 난 바보야." 하고 말한 적이 있다. 자기 아빠한테서 그런 말을 들었기 때문일까?

"보통은 나고야에 있대. 혼자 일하러 가 있는 거지."

"노사도 알아? 에이타 아빠 얘기."

"난 말 안 했어. 지금 처음 얘기했어. 하지만 언제더라, 에이타가 그러는 거야. '머리가 텅 빈 바보래, 나 머리 나쁘니까.' 그 소리를 듣고 노사는 그렇게 생각하면 안 된다고…… 부드럽게 꾸중한 적이 있어. 그 녀석, 처음에는 노사도 무서워했어."

맞다. 길을 잃은 날, 에이타는 무서운 얼굴을 한 노사를 보고 '때리지 마요!'라고 하듯이 머리를 감쌌다. 천둥이나 커다란 소리에 겁을 먹는 것도 그 때문일까?

"어른들은 제멋대로야. 열 받아. 자기 기분 따라 상냥했다가 버럭거리다가."

"에이타네 아빠?"

후미오는 "흥!" 하듯이 고개를 돌리더니 다시 입을 열었다.

"그 녀석, 어른 남자를 보면 갑자기 쩔쩔매. 도서관에서도 봤지? 아빠 탓이야. 근데 아빠가 좋으냐고 물었더니 좋대."

"왠지 알 것 같아."

유카가 중얼거렸다.

"에이타가 남들과 좀 다른 건 사실이야. 엄청 겁쟁이에다 길도 못 찾고. 전에도 한 번 혼자 나갔다가 길 잃어서 말이야."

나는 고개를 끄덕였다. 그래서 후미오가 혼자서는 숲에서 나가지 말라고 귀가 따갑게 말한 거였구나.

"그래도 집에서 여기까지는 헤매지 않고 와. 싱글벙글하면서 책가방 멘 채로 아침부터 올 때도 있어. 노사는 억지로 학교에 가라

고 안 해. 그럼 여기서 교과서 볼까 하면서 공부시키지. 공부하다
모르겠으면 '난 바보야!' 하면서 자기 머리를 때려. 웃으면서."

유카와 시선이 마주쳤다. 유카가 울 듯한 얼굴로 눈을 피했다.

"나, 에이타한테 그랬어. 누구한테…… 부모한테라고는 말할 수
없잖아, 그러니까 만약 누구한테 맞을 것 같으면 죽을힘을 다해서
도망쳐 오라고. 쫓아와도 꽁꽁 숨겨 줄 테니까. 그리고 에이타는
바보가 아냐. 노사가 그랬어. 남보다 천천히 걷는 것뿐이래. 목적
지에 제대로 도착할 수 있대. 난 꼭 걔를 지킬 거야."

난 할 말을 잃었다. 천천히 걷는 것뿐. 그 말이 마음을 찌른다.
도시나리도……. 나는 도시나리가 굼뜨다고 녀석을 바보 취급해
왔는데.

"지켜 주지 못했어."

후미오가 툭 내뱉었다.

"뭐?"

"시설에서."

"……."

"형이라며 따르던 애. 걔도 부모한테 맞고 살았어. 늘 우물쭈물
해서 시설에서도 왕따를 당했어. 따돌리던 녀석은 머리가 좋고 약
아빠져서, 안 보이는 데서만 괴롭혔어. 아무도 내 말을 안 믿었어.
결국엔 양자로 갔지만."

후미오는 한순간 울 것처럼 얼굴을 찡그렸다.

"그래."

유카가 입술을 깨문다.

"어른들 따위 믿을 수 없어. 그래서 시설을 도망쳐 나와서도 계속……."

후미오가 갑자기 입을 다물었다. 나는 아무 말도 할 수 없었다. 유카도 입을 다물었다. 매미 울음소리만 울려 퍼진다. 한참 지나고 나서 후미오가 불쑥 중얼거렸다.

"그래도 노사를 만났으니까."

"만나서 좋았어?"

후미오가 코웃음을 치며 외면한다. 대답은 예스다. 당연하다.

에이타가 돌아왔다. 커다란 페트병을 끌어안고 늘 그렇듯이 웃고 있다. 뒤에는 노사가 있었다.

"요 앞에서 딱 마주쳤어."

노사가 나를 보고 부드러운 목소리로 말했다.

"오랜만이구나, 가즈키. 또 오카리나 불어 줄래?"

나는 고개를 숙인 채 조그맣게 고개를 끄덕인다.

〈물떼새〉, 〈해변의 노래〉…….

침울한 기분이 전염된 듯 에이타 눈에서 눈물 한 방울이 또르르 떨어졌다. 그런데도, 그럴 때조차도, 에이타는 웃었다. 누가 뭐라 하든 에이타는 좋은 애다.

저녁 무렵, 나는 후미오와 함께 처음으로 아오키 강에 가 보았다. 강에 걸린 다리는 20미터쯤 돼 보였는데, 강폭은 그 반도 안 된다. 물은 생각보다 맑았고, 사람들이 흙으로 다진 둑 위를 걸어다녔다. 하지만 아무도 물가로는 내려가지 않았다. 물가에는 돌멩이가 많아서 걷기 힘들 것 같았다. 조금 내려가서 물길이 굽어드는 곳에 물빛 비닐 시트를 씌운 종이 상자 집이 있었다.

"아저씨, 안녕하세요?"

후미오가 말을 걸자 햇볕에 검게 그을린 털북숭이 아저씨가 나왔다. 러닝셔츠인지 티셔츠인지 구분이 안 가는 흰 셔츠에 후줄근한 회색 바지를 입었다. 갈색 줄무늬 고양이가 옆에 바싹 붙어 나왔다.

"아, 후미오구나. 후지카와 씨는 잘 지내니?"

"그럼요. 오늘 밤엔 오랜만에 공사장에 갔어요. 하지만 일이 줄었대요."

후미오가 몸을 수그려 고양이 등을 쓰다듬었다. 고양이가 야옹 하고 가느다란 목소리로 울었다. 고양이를 좋아하는지 표정이 부드러워졌다.

"불경기니까. 후지카와 씨는 네가 있어서 더 힘들겠어."

"나도 조금은 벌어요."

"그래, 그렇지. 너도 일을 하지. 꼬맹이 주제에 물건이라니까. 후지카와 씨한테 안부 전해 줘."

아저씨가 웃었다. 눈가에 깊은 주름이 팬다. 생김새는 전혀 다른데, 웃는 표정이 노사를 닮았다. 아저씨는 손을 쓱 들어 보이고는 돌아서서 걸어갔다. 다리를 조금 절었다.

"저 아저씨는 박스를 모아. 전엔 공장에서 일했는데, 일을 잃고 기숙사에서도 쫓겨났어. 착한 사람이야. 버려진 고양이를 그냥 못 봐. 사룟값도 드는데, 바보 같지."

후미오가 알루미늄 캔을 집어 들었다.

"저 아저씨 다리 안 좋아?"

후미오 눈썹이 꿈틀거리더니 한순간 화난 것처럼 무서운 표정을 지었다.

"습격당했어."

"습격?"

"어, 별것도 아닌 놈들한테."

후미오가 알루미늄 캔을 꾹 쥐어 찌그러트렸다.

"나쁜 짓은 하나도 안 했는데."

후미오가 분한 듯 말했다.

조그만 줄무늬 고양이가 아저씨 뒤를 따라간다. 저 고양이를 귀여워하는구나. 바싹 기대어 걷는 한 사람과 한 마리. 개와 달리 고양이가 사람을 안 따른다는 건 거짓말이다.

강 흐름을 따라 걷다 보니 강변에 비슷한 종이 상자 집이 여러 개 있었다.

"전에는 공원에 살았는데 쫓겨났대."

서쪽 하늘이 새빨갛게 물들었다. 곧 해가 질 것이다. 기온은 아직 높아서 땀으로 끈적거렸지만, 강을 지나는 바람이 기분 좋았다. 후미오가 다시 불쑥 말을 꺼냈다.

"난 돌아갈 데가 없어."

"……부모님은?"

"아빠가 어딘가에 살아 있었나 본데, 지금은 몰라."

"여기 오기 전엔?"

"산에 있는 보육원. 겨울방학 때 같은 시설 중학생이랑 싸웠는데, 나만 나쁜 놈 취급하더라고. 그래서 뛰쳐나왔어. 원래 그런 데는 성질에 안 맞아. 잘 지내는 녀석도 있어. 하지만 난 맨날 싸움만 했어."

후미오는 메마른 소리로 웃었다. 아까 들은 얘기가 머릿속에서 되살아났다. 지키지 못했다는…….

"여기 온 지 반년 됐다며?"

"처음엔 중학교 졸업하고 시설을 나간 선배한테 갔어. 근데 돌아가라고 해서……. 그다음엔 여기저기 어슬렁거렸어. 경찰한테 잡히지 않게 피해 다니면서. 나쁜 짓도 했지."

"나쁜 짓이라니……."

"훔쳐 먹기도 하고 밭에서 토마토 서리도 하고 시줏돈도 훔치고. 별 수 없잖아. 살아야 하니까."

"……."

"이젠 그런 짓 못 해."

노사를 만났으니까.

"노사…… 후지카와 아저씨는 뭐 하는 사람일까."

"그냥 노숙자야."

"어?"

"……라고 말할걸, 분명."

후미오가 웃었다. 웃으면서 알루미늄 캔을 또 하나 주웠다.

"공부 따위 질색이었는데."

나도 빈 캔을 하나 주웠다.

"그건 철이라서 못 써."

"그래?"

"뭐, 상관없지. 강변 청소한다 치면."

해는 지평선 너머로 숨고 높은 하늘에 어둠이 퍼져 나갔다. 서쪽 하늘에는 아직 빛이 남아 있다. 후미오가 조금 눈부신 듯 해가 잠긴 쪽을 본다. 나도 후미오와 같은 곳을 바라본다. 후미오와 나. 나고 자란 환경은 전혀 다르지만 같은 열두 살. 지금 우리는 같은 하늘을 바라보고 있다.

"나 슬슬 돌아가야 돼."

후미오는 그러냐고 말하듯 고개를 끄덕이더니 중얼거렸다.

"요새 알루미늄 캔도 값이 떨어져서 못 해 먹겠어."

11

엄마 표정이 굳었다.

"가즈키 너, 날마다 어딜 가는 거니? 바른대로 말해 봐."

"어딜 가긴?"

"도서관 간다고는 하지만, 진짜로 거기서 공부하는 거 맞니?"

"왜 그런 걸 물어?"

도서관에는 간다. 날마다는 아니지만. 공부도 하고 있다. 노사한테 산수와 사회를 배운다. 그것만이 아니다. 처음으로 '학교 공부만 공부가 아니다.'라는 말을 이해할 것 같았다. 괜스레 속이 부글부글 끓고 안절부절못하는 일도 줄어들었다.

산수 문제집을 꺼내 보였다.

"여기 두 쪽이 오늘 한 거야."

"공부한 건 알겠어. 근데 뭘 해도 좋으니까 거짓말은 하지 마."

"대체 무슨 소리야?"

나는 문제집을 탁 덮고 거실에서 나가려 했다.

"오늘 같이 걷던 여자애, 어디 사는 누구니? 아오키 강 쪽에 있는 숲에 갔지? 나무가 무성하고 사람이라곤 없는 데에 여자애랑 둘이서. 더구나 다 쓰러져 가는 오두막에 단둘이 들어갔다며? 거기서 뭘 했니? 부랑자 같은 애도 함께 있더라는데."

후미오 얘기다. 그렇게 심술궂은 소리를 하다니! 엄마가 그런 말을 하는 사람이었나? 하지만 나도 처음에는 비슷하게 생각했다. 후미오는 지저분한 데다 어울리고 싶지 않은 아이라고. 그런 후미오한테 오늘 여러 가지를 배웠다. 같이 강변을 거닐었다. 같은 하늘을 보았다.

부랑자? 아니, 후미오는 내…….

"친구야. 내 친구를 그런 식으로 말해야 돼?"

"네가 아무 말도 안 해 주니까 그렇지. 미호가 그러더라."

"걔야? 미호가 꼰질렀어? 남 뒤나 밟고!"

"무슨 말을 그렇게 하니? 미호는 정말로 널 걱정하고 있어. 걱정돼서 도서관에 찾으러 갔다가……. 그런데 꼰지르다니, 어디서 그런 못된 말을 배웠니?"

'꼰지른다는 게 못된 말이라고? 그럼 부랑자는 괜찮다는 거야?'

그보다 중요한 건 내가 숲에서 얼마나 마음이 차분해졌는가 하는 거다. 거기 드나들면서 여러 가지를 다시 시작할 수 있을 것 같은 기분이 들었다. 조금이나마 나 자신을 알 것 같았다. 하지만 엄마는 그런 거 모를 테지. 그래, 난 알고 있었다. 엄마 아빠는 이해

못 할 거라는 걸. 그래서 숲 이야기를 하지 않았던 거다. 카랑카랑한 엄마 목소리를 무시하고 거실을 나와서 방에 틀어박혔다. 저녁도 먹지 않았다.

침대에 벌러덩 눕는다. 방에는 책상과 책꽂이, 침대, 붙박이 옷장, 에어컨이 있다. 에어컨 스위치를 껐다. 10분도 지나지 않아 더워진다. 느릿느릿 일어나서 창문을 열었다.

눈에 익은 내 방. 벽에는 시계와 달력이 걸려 있고 포스터가 붙어 있고, 책꽂이에는 엄마가 사 준 책과 콩쿠르 상패와 오디오가 놓여 있다. 왜 이렇게 어수선할까? 거기엔 거의 아무것도 없다. 책은 꽤 있다. 노사가 후미오한테 읽히려고 주워 모은 책, 나는 그 몇 배나 되는 책을 갖고 있다.

책상 위에 늘어선 교과서와 학원 교재와 문제집. 집에서 하면 지겹기만 한데 거기서 노사한테 배우다 보면 왜 그렇게 재미있는지!

만약 그 숲에 안 갔다면, 내 여름방학은 상당히 달라졌을 거다. 에이타도 후미오도 유카도 노사도 알지 못한 채……

후미오는 에이타를 지키겠다고 했다. 그런데 나는 한 번이라도 친구를 지켜야겠다고 생각해 본 적이 있나? 저질인 건 나다.

밤늦게 아빠가 내 방에 왔다. 아빠는 책상 의자에 앉았다. 나는 침대 위에 앉아 무릎을 세웠다.

"있지, 가즈키."

아빠는 부드러운 목소리로 말했다. 그 목소리를 들으니 엄청 무리하고 있다는 걸 알겠다. 노사 목소리에선 한 번도 그런 느낌을 받지 않았는데……. 아빠가 조금 웃어 보였다. 그러자 내 마음이 또 조금 식어 버렸다.

"엄마는 널 걱정하는 거야."

"……알아."

하지만 나는 이제 엄마 아빠를 잘 모르겠다. 상냥한 엄마, 이해심 많은 아빠, 줄곧 그렇게 생각해 왔다. 엄마 아빠는 "너 좋을 대로 해라." 하고 말하면서도 반드시 어느 길을 가리킨다. "이 길을 가면 좋을 것 같은데, 가즈키, 넌 어떻게 하고 싶니? 결정은 네 몫이야." 지금까지 부모가 가리킨 길을 내가 선택한 거라고 생각했다. 사실은 언제부턴가 스스로를 속이고 있다는 걸 알았을 것이다. 그런데도 진실을 보려 하지 않았다. 그게 교활한 내가 해 온 일이다.

"엄마랑도 얘기해 봤는데, 가끔은 기분 전환 삼아서 피아노 쳐도 돼. 친구한테 들려줬다며. 아빠 엄마 눈치 보지 말고 당당하게 치면 돼. 그러는 게 공부에도 도움이 될 거야. 가즈키, 아팠던 걸 아직도 신경 쓰고 있지? 아빤 알아."

"아냐……."

그게 아니라고는 했지만, 말이 똑바로 나오지 않았다. 안다고? 나에 대해 뭘 알아?

"그런 건 별일 아니야. 금방 만회할 수 있어. 그러니까 9월이 되면, 다시 쌩쌩하게 학원 다니면 돼. 실력은 있으니까, 입시도 분명

잘될 거야. 자신을 믿어."

'자신을 믿으라고? 쉽게 말하지 마!' 하는 말이 목구멍까지 차올랐지만 간신히 삼켰다. 아파서 다행이었다. 덕분에 학원에 안 가도 되었다. 덕분에 에이타를 만났다. 노사도 후미오도 유카도. 그런 말을 하면 아빠는 뭐라고 할까? 하지만 난 역시 착한 아들 역할을 쉽게 버릴 수 없다. 그래서 실없이 웃으며 물어보았다.

"아빠."

"응? 왜? 생각한 게 있으면 말해 봐."

상냥하게 웃는 얼굴. 하지만 연기일 뿐이다.

"입시 관두고 공립 중학교 가는 것도 나쁘지 않겠다 싶어."

말한 순간 어깨에서 힘이 쭉 빠졌다. 입 밖에 내 보고야, 그게 내 바람이었다는 걸 알았다. 당연한 듯이 학원에 다니고, 역시 당연한 듯 입시를 치를 거라 생각했다. 하지만 내가 하고 싶은 일은 그런 게 아니었다. 중학교 입시 따위 치르지 않고, 자유롭게 진지하게 피아노를 치는 거다. 정말은 그러고 싶었다.

아빠는 말문이 막힌 모양이었다. 한참 지나서 굉장히 더듬거리며 말을 이었다.

"그건…… 그렇구나. 네가…… 정 그러고 싶다면. 그것도 괜찮을지 모르지. 하지만 중·고등부 통합 학교에 가 두면 나중에 편하잖니?"

"나중보다 지금 편한 게 좋아."

아빠는 슬픈 얼굴로 한숨을 쉬었다. 말을 하면 좋을 텐데. 그런 말을 하는 너한테 실망했다고. 하지만 말하지 않는다. 좋은 아빠니까. 좋은 아빠를 연기하는 걸 좋아하니까.

"있지, 가즈키. 아까 말이야, 엄마랑 같이 네가 갔던 숲을 보고 왔어."

"뭐?"

"밤이 되니까 어두워서 엄마는 조금 무서워했지만 말이야. 그래도 좋은 곳이더구나. 나무가 우거져서. 이 동네에 그런 데가 남아 있다니."

"……."

"숲 근처 잡화점에서 이것저것 들었는데, 그 숲에 집 한 채가 서 있지?"

아빠는 내친김이라는 듯 말했다.

"몇 년이나 사람이 살지 않아서, 등기부상 주인하고 연락이 안 닿는 모양이야. 그래서 지금까지 그대로 됐는데, 반년쯤 전부터 때때로 부랑자가 드나들고 해서 이래저래 문제가 됐나 보더라. 불이라도 나면 큰일이라고. 그래서 허물기로 결정했다더구나."

"언제?"

"9월이 되면 공사가 시작돼. 하는 김에 숲도 정비해서 시민을 위한 휴양림으로, 공원으로 만든다더라."

"지금 거기 사는 사람은 어떻게 돼? 내 친구가 있어."

"잘 들어, 가즈키. 집주인이 어디 있는지 몰라도 남의 집이야. 거기 마음대로 사는 건 무단 침입이야. 범죄라고. 넌 범죄자 친구가 되고 싶니?"

뱃속이 뜨거워졌다. 결국 내 방까지 와서 하고 싶었던 말이 그거였나? 후미오가 무슨 나쁜 짓을 했다고. 노사도……. 나는 어금니를 깨물고서 숨을 훅 내쉬었다.

"아빠, 이 동네에 노숙자 있어?"

"그야 뭐, 역 앞 공원에서 본 적 있지."

"역사 안이나 공원에서 사는 건 범죄야?"

"그렇지는 않지. 하지만 주인 있는 집에 들어가면……."

나는 아빠 말을 가로막았다.

"노숙자한테 집이 없는 건 누구 탓이야? 그 사람들이 나빠?"

"그렇다고는 할 수 없지. 사람마다 여러 가지 사정이 있고, 불경기로 일자리를 잃는 것도 본인 탓만은 아니야. 그러니까 젊은 애들이 사회의 쓰레기라면서 습격하는 건 확실히 잘못됐어. 그래도 역시 그 사람들도 노력이 부족한 거 아닐까 싶구나. 대낮부터 빈둥거리지 말고 좀 더 일할 의욕을 보이면 좋겠어. 경기 탓만 하는 건 좀 그렇잖니."

아니야. 일하고 있다고. 오늘 후미오한테 배웠던 말이야. 알루미늄 캔을 줍기도 하고 종이 상자를 모으기도 해서 코딱지만큼이나마 돈을 번다고. 그게 아무리 힘들어도 아빠는 일로 인정하지 않는 걸까?

혼자 있고 싶었다. 그래서 일부러 졸린 얼굴을 했다.

"아무튼 힘내라. 엄마 걱정시키지 말고."

아빠는 내 어깨를 툭툭 치고 나갔다. 힘내라니. 무슨 힘을 어떻게 내야 하지?

책상 서랍에 넣어 두었던 용돈을 꺼내 들고 점심 전에 집을 나섰다. 엄마한테 들키지 않도록. 편의점에서 페트병에 든 차 다섯 개와 주먹밥 다섯 개, 샌드위치 두 팩을 샀다. 포테이토칩과 우유도 사서 숲으로 갔다. 그러고도 1천 엔 넘게 남았다. 누가 뭐래도 그 집에 묵을 작정이었다. 오늘은 절대로 집에 돌아가지 않겠다고 결심했다.

문을 열자 에이타가 현관까지 나와 달라붙었다.

"가즈!"

에이타의 웃는 얼굴을 보는 순간, 어젯밤부터 답답했던 마음이 가벼워졌다. 나도 안다. 에이타한테도 여러 가지 일이 있을 거다. 나보다 훨씬 힘들 거다. 우리 엄마 아빠는 절대로 나를 때리지 않으니까. 엄마 아빠한테 바보라느니 굼벵이라느니 하는 말을 들어 본 적이 없으니까. 그래도 힘들다고 생각한 적은 있다. 계속 모른척 눈을 감고 있었지만. 나한테도 이런저런 일들이 좀 있다고 마음속으로 말하며 마주 웃어 준다. 그러자 에이타의 웃음이 점점 더 빛난다.

"점심 가져왔어."

에이타가 내 손을 잡아당긴다.

"어, 가즈키……. 어쩐 일이야? 오늘은 빨리 왔네?"

후미오가 말했다.

그러고 보니 점심 전에 여기 온 건 처음이다. 나는 사 온 걸 꺼내 비닐봉지 위에 늘어놓았다.

"점심거리 사 왔어. 노사는? 유카는 안 왔어?"

"노사는 물 뜨러 갔어. 유카는 아직 안 왔어."

"그래. 그럼 노사가 돌아오면 같이 먹자. 나도 아직 점심 안 먹었으니까."

"맛있겠다. 가즈, 포테이토칩도 있어."

노사가 돌아왔다.

"가즈키, 어쩐 일이니?"

"안녕하세요. 다 같이 점심 먹을까 해서요."

펼쳐 놓은 음식을 본 순간, 노사는 이맛살을 찌푸렸다.

"가즈키가 사 왔니?"

"……용돈으로요."

"용돈을 이런 데 쓰면 안 돼. 넌 아직 어리니까."

"……그렇지만."

"아무튼 먹자고요. 사 온 건 어쩔 수 없으니까. 노사, 딱딱하게
굴지 마요."

"그래. 상하기라도 하면 음식한테 미안하니까. 에이타는 우유를
마시는 게 좋겠다."

노사는 웃었는데, 왠지 서글퍼 보였다. 음식한테 미안하다니, 지
금까지 그런 식으로 생각해 본 적은 없다. 엄마도 아무렇지 않게
유통 기한이 지난 걸 버리고, 반찬을 많이 만들어서 남은 건 버리
니까…….

"미안해요."

나는 누구한테 뭘 사과하는 거지?

"가즈키가 마음 써 주는 건 기뻐."

"사실 속으로는 자기가 일해서 번 돈도 아닌데, 그렇게 생각하는
거죠?"

노사가 다시 이맛살을 찌푸렸다.

"무슨 일 있었니?"

"저, 이제 여기 오기 힘들어요. 오늘 하루, 내일 아침까지 여기
있고 싶어요. 오늘 여기서 자고 싶어요. 돈은 조금 남아 있어요."

"가즈키, 너 오늘 되게 이상하다. 어떻게 된 거야?"

후미오가 입가에 밥풀을 묻힌 채 말했다.

"여기 부순대."

"뭐?"

"이 집 없어지고, 공원이 생길 거래."

"진짜요?"

에이타가 노사에게 물었다. 대답을 한 건 후미오였다.

"뭐야, 겨우 그거야? 나랑 노사는 진작 알고 있었어."

"그래?"

노사가 고개를 끄덕였다. 맥이 탁 풀렸다. 알고 있었구나, 그래도……

"그럼 어떻게 할 건데?"

"어떻게든 될 거야."

노사가 웃었다. 하지만 역시 마음에 걸린다. 앞으로 이 둘은 어디에 머물면 좋을까?

에이타가 포테이토칩을 뜨려는데 노사가 말렸다.

"안 돼. 그건 간식이니까."

후미오가 바보라고 말하듯이 에이타 머리를 톡 쳤다. 그걸 보고 노사와 나는 웃음을 터트렸다.

밥을 다 먹고 나서 노사가 후미오한테 말했다.

"에이타 데리고 산책 다녀오렴. 몸을 좀 움직이는 게 좋을 테니 말이야."

"가즈도 가자."

에이타가 내 손을 잡아당겼다.

"가즈키는 지금부터 사회 공부를 해야 해. 그러니까 후미오랑 둘이서 다녀와라."

"응. 가즈, 이따 봐."

에이타는 웃으며 돌아보고는 후미오한테 이끌려 나갔다.

노사와 둘만 남았다. 나한테만 할 얘기가 있는 거다.

"처음에 여기 와 보고 깜짝 놀랐지?"

"네."

"넌 착한 애구나."

"그렇지 않아요."

'전 나쁜 애예요. 친구를 괴롭혔어요. 그리고 학원 그만둔 친구를, 쟤는 그냥 자신이 없는 거라면서 깔봤어요. 엄마 아빠한테도 거짓말을 잔뜩 했고요.'

마음속으로 노사에게 말한다. 소리 내어 하지 못하는 말. 눈시울이 뜨거워졌다.

"에이타와 후미오 친구가 되어 줘서 고마워."

"……."

"너희 집은 부자니?"

"보통이에요."

"그래? 그게 제일 좋지."

"어제 미호가…… 같은 반 친구인데 우리 집에 피아노 배우러 와요. 미호가 저랑 유카랑 도서관에 있는 걸 보고 뒤따라왔대요. 그 바람에 제가 도서관에 간대 놓고 여기 오는 걸 부모님한테 들켜서. 그러니까 전 거짓말쟁이고, 그러니까 착한 애가 아니에요."

"사람은 누구나 거짓말을 해. 거짓말 안 하는 사람은 없다는 거, 너도 알지?"

"그건 그렇지만. 아빠가 그랬어요. 노숙자는 노력이 부족하대요. 아빠는 아무것도 모르면서. 만약…… 후미오가 여기 살 수 없게 되면, 아직 초등학생인데 뭘 어떻게 노력하면 좋단 말이에요. 어쩔 수 없어서 여기 있는 건데. 그래도 저는 아무 말도 할 수 없어요. 고생이라곤 해 본 적이 없어요. 전 안 돼요."

"고생 따윈 하지 않는 게 좋아. 가즈키네 집은 가난하지도 않고, 부모님이 폭력을 휘두르지도 않아. 아주 좋은 일이야. 할 수 있는 일을 사양할 필요는 없어. 네가 정말로 원한다면 치고 싶은 만큼 피아노를 치면 되고, 공부를 하고 싶으면 입시 공부를 하는 것도 좋겠지. 조건이 받쳐 주니까, 너는 당당하게 하면 돼."

사립 중학교에 가고 싶은 게 아니다. 나는 그 사실을 깨닫고 말았다. 사실은 피아노를 그만두고 싶지 않았다는 것도. 그렇다고 공부를 싫어하는 건 아니다. 몰랐던 걸 아는 건 즐겁다. 알고 싶은 게 있다는 것도 가슴이 두근거린다. 순위를 다투거나 남의 성적을 신경 쓰지만 않으면, 공부는 훨씬 즐겁다. 여기서 배우는 동안 그걸 깨달았다. 그런데 후미오는? 학교를 좋아하고 이야기책 읽는 걸 좋아하지만, 학교에 갈 수 없는 후미오는?

"어쩐지 불공평한 거 같아서."

"그건 네 책임이 아니야."

"노사도 좋은 사람인데. 후미오도 처음에는 짜증나는 애인 줄 알았는데, 나 같은 애보다 훨씬 훌륭해요. 그런데 학교에 가고 싶어도 갈 수 없잖아요."

"있잖아, 가즈키. 좋은 사람인지 아닌지랑 부자인지 가난한지랑은 전혀 다른 문제야. 못 가진 사람이 전부 선량한 건 아니니까. 노숙하는 사람이 게으름뱅이라고 말하는 게 틀린 거랑 마찬가지야. 난 눈곱만큼도 좋은 사람이 아니란다. 네가 모를 뿐이지."

"그렇지만……."

"넌 나에 대해 아무것도 몰라. 난 고향에서 도망쳐 온 인간이야. 그래서 고향에는 돌아갈 수 없어. 무척 돌아가고 싶지만."

노사는 아련한 눈으로 창밖을 보았다.

"난 어쩌면 좋아요."

"하고 싶은 걸 하면 돼. 가즈키는 음악을 좋아하지, 그렇지?"

"그렇지만 피아노는 관뒀어요."

"다시 시작하면 돼. 쉽지? 게다가 넌 잘못한 것도 없으니까. 난 말이야, 고향에서 잘못을 저질렀어."

노사는 말을 끊고 내 얼굴을 똑바로 바라보았다. 아니, 나도 잘못했다.

"그래도 인간은 다시 시작할 수 있는 존재라고, 그렇게 말해 준 사람이 있어. 언젠가 내가 다시 시작할 수 있다고 실감하는 날이 오면, 고향에 돌아갈 수 있을지도 모르지. 그런 날은 아직 올 생각도 않지만."

"……."

그럼 나도 다시 시작할 수 있는 걸까?

"널 소중하게 생각하는 사람들을 걱정시키면 못써."

"오늘 여기 묵으면 안 돼요?"

노사는 웃으며 말했다.

"안 돼."

후미오와 에이타를 찾으러 갔다. 그런데 도중에 다른 사람을 먼저 만나고 말았다. 커다란 느티나무에 숨듯이 서 있는 건……

"가즈키."

미호였다.

"뭐 하냐, 이런 데서?"

"저기……"

"저질이야, 너."

"집에서 걱정해서. 전화가 와서, 네가 아무 말도 없이 나갔다고……. 아줌마는 수업해야 하니까, 그래서 내가 찾으러 가겠다고 했어. 여기 있을 줄 알았으니까. 설마 가출을……"

"네가 무슨 상관이야?"

가출? 그딴 거 생각도 못 했다. 만약 노사가 재워 준다고 했으면 가출한 게 됐을지도 모른다. 하지만 결국엔 가출도 하지 못했다. 나는 미호에게 등을 돌리고 걸음을 옮겼다.

"기다려."

누가 기다려 준대!

"나…… 무서웠어."

정말로 겁먹은 듯 떨리는 목소리여서 발을 멈췄다. 천천히 돌아본다. 울 듯한 얼굴. 미호답지 않다.

"요새는 네가 무슨 생각을 하는지 하나도 모르겠어. 전에는 훨씬 편하게 얘기했는데, 왜 그래? 내가 피아노 시작한 게 싫어? 그래서 맨날 피하는 거야?"

"그딴 거 상관없어."

내가 뭘 하든 무슨 상관이람?

"왜 여기가 좋은 거야? 학교 친구보다, 료이치나 나보다, 그 머리 긴 애나 더러운 옷 입은 애가 좋아?"

아, 시끄러워!

"너 때문이야. 넌 나한테 소중한 걸 망가트렸어. 이제 너하곤 말 안 해."

나는 아까보다 더 큰 걸음으로 걸었다. 절대로 돌아보지 않을 테다. 하지만 나도 안다. 미호한테 이러는 게 괜한 화풀이라는 걸. 그 집이 없어지는 거랑 미호는 아무 관계도 없으니까. 그래도 달리 어쩔 도리가 없었다.

집에 오니 엄마는 화내지 않았다. 화를 내기는커녕 "다행이야!" 하고 울먹이면서 안아 주었다. 팔을 움켜쥔 손가락 때문에 아플 지경이었다. 정말로 걱정한 게 느껴져서 미안했다. 그렇다고 해서 후미오를 부랑자라고 말한 게 용서되는 건 아니니까, 어디 갔었는지는 말하지 않았다. 엄마도 묻지 않았다. 나는 아무 일도 없었다는 듯이 아무렇지 않게 얘기를 하려 한다. 엄마도 그러려는 걸 알 수 있었다. 아무렇지 않게 나누던 대화가 삐걱삐걱 소리를 내는 것 같았다. 엄마한테도 들리겠지. 삐걱삐걱…….

피아노를 쳐 봤다. 소리가 난다. 에이 음. 이 음이 가장 마음 놓인다. 옆에 있는 검은 건반을 누른다. 반음. 그 사이에 있는 무수한 음. 나는 다 들을 수 있을까?

그날 밤, 나는 쉬지 않고 피아노를 쳤다.

13

초인종이 요란하게 울렸다. 엄마는 나가고 없는 모양이었다. 모르는 척하려다가 너무 시끄러워서 현관으로 나갔다. 이번에는 쾅쾅 문을 두드렸다. 가냘픈 목소리가 들렸다.

"가즈, 가즈⋯⋯."

에이타다! 서둘러 현관문을 열었다.

"웬일이야, 혼자서 여기까지⋯⋯."

에이타가 웃지 않는다. 울먹이며 내게 매달린다.

"노사가, 노사가⋯⋯."

에이타는 말을 하다 말고 훌쩍거리더니 무너지듯 주저앉았다.

"진정해."

나는 몸을 숙이고 에이타 등을 쓸어 주었다.

부드러운 등을 천천히, 천천히⋯⋯.

"······가즈, 노사가 경찰에 잡혀갔어."

"뭐?"

"잡혀갔어. 나쁜 짓도 안 했는데."

"후미오는?"

"······집."

"금방 올 테니까, 기다려!"

나는 방으로 돌아가 배낭을 집어 들고 지갑을 넣었다. 그리고 현관으로 나갔다.

"뒤에 타."

에이타를 자전거에 태우고 거칠게 달렸다.

"꼭 잡아!"

"응!"

숲 입구에 자전거를 팽개쳐 두고 집까지 달렸다. 후미오는 집 앞에 있었다. 유카도 함께였다. 그런데 집 주위에 테이프를 둘러쳐서 들어갈 수 없게 해 놓았다.

"어떻게 된 거야?"

"내가 묻고 싶어!"

후미오가 소리쳤다. 흥분한 후미오 대신 유카가 말해 주었다.

"간단히 말해서 불심 검문이란 거지. 어젯밤에 누가 밭을 파헤쳤대. 그래서 후미오가 어젯밤에는 자기랑 함께 있었다고 하니까, 노사가 이런 꼬맹이 모른다고 했대. 저리 꺼지라고, 무서운 얼굴로 소리쳤대."

"왜……."

"내가 경찰서에 가면 가출한 거 걸리니까."

"그런가? 그렇겠구나."

"어떡해야 될지 모르겠어."

"그럼 내가 같이 있었다고 하면? 후미오 대신."

내가 말하자 유카마저 화난 목소리가 되었다.

"그딴 거짓말은 금방 들통 나지. 너희 집에 물어보면 끝이잖아!"

대답할 말이 없었다. 유카 말이 맞다.

"강변 사람들도 부탁해 보겠다고는 했는데."

결국 우리가 할 수 있는 일은 하나도 없었다.

"젠장! 빨리 어른이 되고 싶어."

후미오가 하늘을 노려보았다.

"후미오, 넌 이제 어떡할래? 여기 못 들어가잖아."

"이 집은 어차피 부술 거였으니까. 어떻게든 되겠지."

그건 노사와 함께 있을 때 얘기 아닌가? 노사가 없으면 또 전처럼 여기저기 헤매 다닐 테고, 어쩔 수 없이 남의 밭에서 서리를 하게 될지도 모른다. 책도 읽을 수 없게 된다.

"오늘 밤 우리 집에서 자도 되는지 물어볼게."

"나도 같이. 응, 가즈?"

나는 "그래." 하며 끄덕였다.

"관둬. 난 가출 소년이라서 안 될 거야."

"그래도 부탁해 볼래. 아무튼 저녁 5시쯤 다시 올게."

나는 필사적으로 엄마한테 매달렸다.

"소중한 친구야. 후미오란 애야. 저번에 왔던 에이타도. 허락만 해 주면 공부도 열심히 할게."

약아 빠진 말이라는 건 나도 안다. 입시를 관두고 싶다고 한 걸 아빠가 엄마한테 전했을 테니까. 하지만 지푸라기라도 잡는 심정이었다.

"걔네들 덕분에 건강해졌는걸."

엄마 표정이 조금 풀렸다.

"그래. 그 아이들 집에서 허락해 주면 괜찮아. 그러니까 그 애들 부모님 연락처를 가르쳐 줘. 엄마가 직접 부탁할 테니까."

"안 돼!"

후미오한테는 부모 같은 거 없다. 에이타네 부모에 대해서는 아무것도 모른다.

"왜? 소중한 친구면 연락처 정도 알지 않니? 엄마도 인사는 해야지. 가즈키가 신세 졌습니다, 하고 말이야."

엄마가 알고 싶은 건 친구가 아니라 걔네 부모인가?

"그렇지만 아빠가 경찰에 잡혀갔어."

내가 말한 아빠는 노사다. 후미오네 친아빠는 아니지만 노사는 나무랄 데 없는 보호자다.

"무슨 말이니?"

엄마 표정이 금세 험악해졌다.

"서리를 했다고 의심받았어. 하지만 절대로 그런 짓 안 해, 그 사람은. 무척 좋은 사람이야."

"아까 상점가에서 들었는데, 노숙자가 밭을 서리했다고."

"누명이라니까!"

"네 말이 맞다 쳐도, 그런 의심을 받는 건 행실이 바르지 않단 소리잖아. 숲에 노숙자가 눌러앉아서 근처 사는 사람들이 곤란해한단 말은 들었어. 네가 말하는 사람이 그 사람이니?"

곤란해하다니, 노사네가 거기 산다고 해서 누가 곤란하다는 거지? 아무한테도 폐 끼치지 않잖아. 엄마가 속이 탄다는 듯이 눈썹을 모았다.

"제대로 된 사람이 그런 데 살 리 없다는 것쯤 너도 알잖니? 친구란 게 그런 사람 아이니?"

그 한마디에 내 안에서 무언가가 뚝 끊어졌다. 그런 사람? 노사에 대해 아무것도 모르는 주제에. 글렀다. 엄마는 죽었다 깨도 모른다. 아빠는? 아빠도 똑같다. 며칠 전 밤에 죽을힘을 다해 좋은 아빠인 척하며 말을 걸어 왔다. 그때 깨닫지 않았나. 아빠는 아무것도 모른다는 걸.

결국 우리는 애들이니까 아무것도 할 수 없다는 거다.

"알았어. 이제 됐어. 중학 입시도……."

관둬 주겠다고 말하고 싶었다. 그런데 그때 노사 목소리가 들리는 것 같았다.

'네가 정말로 바란다면 치고 싶은 만큼 피아노를 치면 되고, 공부를 하고 싶으면 입시 공부를 하는 것도 좋겠지…….'

나는 목구멍까지 올라온 말을 삼키고 그대로 뛰쳐나왔다.

약속한 5시. 8월도 곧 끝이라 해는 많이 짧아졌지만, 아직 밖이 환하다. 숲 속에도 석양이 비치고 있었다.

거기에 후미오는 없었다. 에이타도 없었다. 폐가에서 조금 떨어진 나무 밑에 유카가 앉아 있었다. 늘 갖고 다니는 배낭을 메고, 손에는 스케치북을 들었다.

"후미오는?"

"어딜 간다면서 나가 버렸어."

"어디 갔는데?"

"글쎄. 자기 걱정은 하지 말래. 노사를 만나기 전에도 어떻게든 살아왔으니까."

"에이타는?"

"집에. 아빠가 와 있나 봐."

"괜찮을까."

"난 아무것도 할 수 없어. 에이타네 아빠가 술을 안 마시기만 바랄 뿐……"

유카 말대로다. 아무것도 할 수 없기는 나도 마찬가지다.

"그 둘, 형제 같았어."

"……"

"너 부러웠지? 형 노릇 하고 싶었어?"

유카는 조금 비아냥대듯 웃었다.

"그래도 에이타한테는 네가 무척 소중한 친구였어. 아마 태어나서 처음 사귄 친구일걸. 에이타는 널 엄청 좋아해. 그러니까 오늘 아침에도 헤매지 않고 곧장 널 부르러 너희 집을 찾아 갔지. 후미오가 기적이랬어."

듣고 보니 그렇다. 곧장 달려왔던 거다.

"에이타가 금방 길 잃는다는 거 까맣게 잊고 있었는데……."

"혼자서 숲을 나가면 길 잃으니까 절대로 안 된다고 말렸는데, 가즈 불러오겠다며 뛰쳐나갔어. 무지 좋아하는 가즈네 집이니까 안 헤맨 거야."

나도 에이타가 정말 좋다. 처음에는 반쯤 장난 삼아 시간이나 때우려던 거였다. 매미를 잡도록 도와준 것도, 자전거에 태워 준 것도. 도시나리를 닮아서 그 녀석 대신이라고 느낀 적도 있다. 하지만 에이타는 언제나 나를 똑바로 보았고, 그렇게 곧은 아이가 날 따르는 게 기뻤다. 뭐라도 에이타가 기뻐할 일을 해 주고 싶었다.

"맨날 웃기만 하니까 처음에는 이상한 애라고 생각했어. 가즈, 가즈 하고 날 따라서……. 에이타를 만난 덕분에 여기서 노사도 만나고 너희도 만날 수 있었어."

"나도 에이타가 별난 애라고 생각했어. 화도 안 내고 남을 탓하지도 않아."

유카가 하늘을 올려다보았다. 나도 따라 올려다보았다. 나무 꼭대기보다 더 멀리, 하늘이 아직 푸르다. 하지만 낮에 본 푸르름과는 달랐다. 에이타는 지금 어쩌고 있을까?

"어제 네가 간 다음에 미호라는 애가 왔어."

"뭐?"

나랑 숲 입구에서 다툰 다음 여기까지 왔단 말이야?

"엄청난 오해를 하던데. 가즈키랑 어떤 사이냐고 트집 잡더라. 웃겼어. 난 연하 따위 관심 없는데. 근데 걔, 너 좋아하나 봐."

좋아해? 맨날 덤벼들 듯이 말하는 주제에.

"설마."

"모르겠어? 걱정되던데."

"……"

울먹이던 모습이 떠올랐다.

"내가 노사를 만나게 해 줬어."

미호가 노사를 만났다고?

"내가 말해 줬어. 가즈키는 여기서, 노사랑 진짜 공부를 하고 있다고."

진짜 공부라는 말이 마음속 깊이 와 닿았다.

"그래서 어떡했어, 미호는?"

"한참 동안 둘이 얘기했어. 무슨 얘기를 했는진 나도 몰라. 근데 그다음에, 나 걔랑 핸드폰 번호 교환했어. 나랑 친구가 되면 좋겠다고 노사가 그랬나 봐. 그래서 노사가 잡혀간 것도 문자로 보내 줬어. 그랬더니 완전 놀라서 날아왔어. 자전거 타고 왔대."

"……"

"뭔가 하고 싶었던 거야. 노사…… 네가 좋아하는 사람을 위해

153

서. 게다가 걔도 노사를 좋아하게 된 거 같아. 노사랑 얘기한 다음에 표정이 완전 달라졌거든. 뾰족한 느낌이 없어졌어. 우리, 아까 파출소에 갔다 왔어. 걔가 꼭 가고 싶대서."

"파출소?"

"응. 후지카와 아저씨는 좋은 사람이에요, 남의 물건 훔치지 않아요, 하고 말하러."

"그래서?"

"애들을 상대해 줄 리 없잖아. 헛걸음했지."

유카가 웃었다. 자신을 속이듯이. 그나저나 미호가 그런 일을 하다니. 폐가에 사는 노사를 싫어하지 않았구나……

"노사는 별로 걱정 안 해도 돼. 금방 풀려날 거야."

"그래도 이제 여기엔 못 와. 에이타가 좋아하는 집인데."

나도 그렇다. 유카도 그렇겠지?

"그래. 집만 부수는 게 아니라 숲을 다 정비한다니까. 그래도 또 만날 수 있을 거야. 에이타도 같은 동네 사니까 분명 만날 수 있을 거야."

유카가 걸음을 내딛는다. 나도 나란히 걸어 나간다. 유카는 나보다 눈곱만큼 키가 작다.

"유카, 잘 지내."

"그래, 너도."

우리는 숲 입구에서 헤어졌다. 잰걸음으로 가는 유카 등을 보고 그제야 깨달았다. 숲에서 나왔는데도 유카는 묶은 머리를 풀지 않고 이마를 드러내고 있었다.

멀어지던 유카가 숨을 헐떡이며 돌아왔다.

"중요한 걸 깜빡했어."

유카가 배낭에서 뭔가를 꺼냈다.

"이거 너한테 주래. 노사가 줬대. 후미오가 맡겼어."

오카리나였다.

"아참, 너한테도 얘기해 줘야지. 나, 모레부터 학교 갈 거야."

"진짜?"

모레면 2학기가 시작되는 날이다. 유카는 고개를 끄덕이더니 오카리나를 내 손에 쥐여 주었다.

"학교에 가서 미술부에 들어갈 거야."

"그래."

"잘 가."

유카가 돌아섰다. 나는 당황해서 얼른 덧붙였다.

"나 있지, 사립 입시 관두고 여기 중학교 갈 거야. 그러니까 내년 봄에 학교에서 만날 수 있어."

그래, 난 이 동네 학교에 갈 거다. 나는 유카를 똑바로 보았다. 유카가 고개를 끄덕였다.

"난 아직 한 사람 몫을 못 해. 그러니까 학교에 가야지. 그동안 재능 없다고 핑계를 대면서 계속 도망쳤거든. 그런데 사실은 누군가가 인정해 주기 바랐다는 걸 알았어. 노사가 가르쳐 줬어."

"응."

나도 안다. 숲을 돌아보았다. 유카도 돌아본다. 여름이 가는 걸 아쉬워하듯이 매미가 운다. 울음소리는 몇 종류지? 가즈키는 귀가 좋구나. 노사 목소리가 들리는 것 같았다.

　우리의 학교는, 여름 동안 내가 다닌 교실은 없어졌다.

8월 31일. 여름방학 마지막 날이었다.

이제 숲에도 올 수 없을 테지. 인기척이 없는 숲 속 폐가 앞에 서서 오카리나를 불었다. 〈고추잠자리〉. 아직 오전이라 '석양 스러지는'이라는 가사는 어울리지 않지만, 맨 처음 불었던 곡이니까.

어제 유카와 헤어지고 나서 다시 여기로 왔다. 와서 오카리나를 불었다. 지금처럼. 오카리나를 불다가 문득 깨달았다. 후미오는 분명 노사 고향에 갔을 거다. 나는 후미오를 찾으러 가기로 했다. 유카 말처럼 노사는 금방 풀려날 거다. 나쁜 짓은 아무것도 안 했으니까. 그날까지 나는 후미오 친구로 있어야겠다. 그러니까 찾으러 갈 거다. 그리고 나서 이 동네로 돌아와 아오키 강변이든 어디든 새로운 은신처를 만들고 함께 노사를 기다리는 거다.

오늘 아침, 소풍 갈 때 쓰는 배낭에 갈아입을 옷을 챙겨 넣고 몰래 집을 나왔다. 현금 인출 카드로 2만 엔을 찾았다. 세뱃돈을 저

금해 놓았던 거다.

소리가 나무 사이로 퍼져 간다. 조금 불안정하게 흔들린다. 그런게 좋은 거지요, 노사…….〈해변의 노래〉를 불렀다.

그때 노사는 고향을 그리워하듯이 연주를 듣고 있었다. 만약 노사 고향에서 후미오를 찾으면 도시나리한테 엽서를 보내 볼까? 딱한 줄만 쓸 거다.

'잘 지내니? 나 지금 바닷가에 있어.'

"가즈!"

에이타 목소리가 되살아난다. 언제나 다정하게 날 불러 주던 에이타.

지금쯤 뭘 하고 있을까? 맞지나 않으면 좋으련만.

"가즈!"

어? 오카리나를 입에서 떼고 돌아본다. 달려온다. 에이타가 달려온다!

"에이타!"

에이타가 있는 힘껏 달려와 내 팔에 매달린다.

"다행이다, 만나서."

"에이타, 괜찮아?"

"난 늘 괜찮아. 그보다 가즈, 무슨 일 있어? 왜 그렇게 큰 짐을 들고 있어?"

"후미오 찾으러 갈 거야."

"후미오 어디 있는지 알아?"

"아마."

"그럼 찾아야지."

"……너도 같이 갈래?"

"당연하지, 같이 갈래."

곧장 대답이 돌아왔다. 데려가도 괜찮을까. 괜찮겠죠, 노사…….

"엄마한테 전화해서 오늘은 집에 못 간다고 말해야 돼. 친구랑 같이 있으니까 괜찮다고. 그리고 이제부터 형이라고 불러."

"어? 가즈는 가즈야."

역시 나는 동생을 가질 수 없나? 뭐 그래도 상관없나?

우리는 폐가에 이별을 고했다. 이게 진짜 마지막 인사다.

안녕, 내 교실.

나는 에이타 손을 잡고 역으로 향했다.

굿바이, 굿보이

ⓒ 하마노 쿄코, 2014

초판 1쇄 인쇄 2014년 6월 10일
초판 1쇄 발행 2014년 6월 19일

펴낸이 박종암
펴낸곳 도서출판 르네상스
출판등록 제313-2010-270호
주소 121-842 서울시 마포구 동교로 17안길 11 2층
전화 02-334-2751
팩스 02-338-2672
전자우편 rene411@naver.com

ISBN 978-89-90828-69-9 43830

이 도서의 국립중앙도서관 출판시도서목록(CIP)은 e-CIP 홈페이지(www.nl.go.kr/ecip)와
국가자료공동목록시스템(www.nl.go.kr/kolisnet)에서 이용하실 수 있습니다.
(CIP제어번호: CIP2014012475)